十津川警部 三陸鉄道 北の愛傷歌

西村京太郎

集英社文庫

目次

十津川警部　三陸鉄道　北の愛傷歌

第一章　声が聞こえる

1

あの日から、近藤康夫《こんどうやすお》、三十歳の人間が変わってしまったと、彼の友人の多くが、いう。あの日とは、もちろん、二年前の三月十一日である。

外見的には、近藤は、別に変わっていない。二年前と同じ中央自動車という会社の設計部門で、働いている。

ただ、彼の顔から、笑顔が消えてしまい、いつも無表情の男になってしまったのである。消えてしまったものは、ほかにも、いくつかあった。例えば、将来の人生設計も、その一つだった。

あの日まで、近藤康夫には、三歳年下の藤井渚《ふじいなぎさ》という恋人がいて、彼女が三十歳になるまでに、結婚する予定だった。もちろん、渚も、そのつもりでいることは、分かっていた。

二人は最初、単にS大の先輩と後輩同士だった。それが、急に近づいたのは、二人ともジャズが好きで、S大にあったジャズ研究会、通称ジャズ研に、近藤がいて、後から渚が入ってきてからである。

ジャズ研究会は、別に、楽器ができなくても、ジャズが好きであれば、誰でも入ることのできるクラブだった。近藤は、中学時代から、ギターをやっていたので、ジャズ研に入ると同時に、その中にあるバンドの一員になった。

三年遅れてジャズ研に、入ってきた渚は、声がよかったので、何とか、ボーカルに仕立てようとして、近藤が半ば、強制的にバンドに入れた。その時からの二人のつき合いである。

ジャズは、十九世紀末から二十世紀にかけて、アフリカ系の黒人音楽と、アメリカのカントリー音楽が合わさって生まれた新しい音楽である。

それでも、すでに古典と呼ばれるジャズの名曲が生まれている。近藤は、どちらかといえば、その古典のほうが好きだった。渚も、好みが似ていたのでそれも、二人を近づけたのかもしれない。

S大を卒業した後も、二人のつき合いは進み、近藤は自動車会社に就職、渚のほうは、東京八重洲口に本社のある、化粧品会社に就職した。

三年前、地元の岩手県で水産加工会社の社長をしていた渚の父が、突然、心臓発作で倒れて、運びこまれた病院で、亡くなった。渚は、母の八重《やえ》から、とにかく帰ってきて、家業を手伝ってほしいといわれた。その当時、中学生だった弟が一人前になるまで、母を助けるために、渚は、郷里の岩手に帰った。

それでも、二人の間の、いわば遠距離恋愛は続いていたのだが、二年前の三月十一日に、それが、プツンと切れてしまった。

岩手県の海岸近くにあった、藤井水産加工の工場は、あっという間に、津波にのみ込まれてしまったという。

母と弟は、かろうじて助かったが、渚は、行方不明になってしまい、今に至るも、発見されていない。

近藤が勤める中央自動車の本社は、品川にある。近藤が住んでいるのは、その本社ビルから、車で三十分ほど離れた場所にある、中古のマンションである。

近藤のことを心配した職場の同僚や、S大ジャズ研のOBたちが、何かというと、近藤に、若い女性を紹介しようとする。近藤の気持ちを考えて、藤井渚のことは、もう諦めて、別の女性と新しい愛を育てろというのだ。

そんな友人たちの気持ちに、近藤は、ありがたいと感謝はしているが、他の女性とでは、どうにも、自分の将来が描けないのである。というのも、近藤の未来は全て、渚と一緒の生活を前提に考えた夢だったからである。

2

会社から帰ってくると、近藤は、カレンダーを見て、今日が三月十八日であることを確認した。あの日から二年と一週間が、経《た》っている。

渚と遠距離恋愛をしていた時、近藤は、自分で、料理を作っていた。渚の好きな料理を作るのが、近藤は、楽しみだった。

岩手の実家に帰っていた渚も、時々電話をかけてきて、

「今日は、康夫さんの好きな料理を作ったわ」

と、報告してきていた。

しかし、あの日から、近藤は全てが、面倒くさくて、自分で、料理を作ることも、なくなってしまった。出来合いの弁当を買ってくるか、あるいは、近くの中華料理屋で食事を済ませてから、自宅マンションに帰るのである。

夕食を食べ、缶ビールを飲む。テレビを見る。ニュースの時間。依然として、復興がままならない岩手県の、海岸部が画面に映る。

津波で、兄弟を失った女性が、海に向かって話している。

「兄の遺体が見つかるまでは、どうしても、兄が死んだとは、思えません」

近藤も、同じような気持ちだった。渚は、理屈では、もう生きていないだろう。間違いなく、死んでいるとは思うのだが、彼の気持ちの上では、どこかで生きていて、突然、帰ってくると思ってしまう。

いつものように十二時過ぎまで、眠れずに時間だけを過ごしていた。

仕方なくベッドに入る。

その時、突然、携帯が鳴った。

一瞬、近藤の胸を、戦慄《せんりつ》が走る。

夜半過ぎに、電話をかけてくるのは、渚だけだった。近藤も、渚の声が聞きたくて、夜半過ぎに何回もかけたことがある。

まだ携帯が鳴っている。

(まさか?)

と思いながら手を伸ばして、携帯を取る。発信元は非通知になっていた。

「もしもし」

と、声をかけたが、返事がない。

突然、ジャズのメロディが聞こえてきた。古いジャズの調べだった。

近藤は古いジャズが好きで、中でも、ペギー・リーの歌う『ジャニーのギター』という曲が好きだった。いま流れているのは、女性の声が歌っている、その『ジャニーのギター』だった。

ふいに、近藤の顔が、青ざめた。

『ジャニーのギター』を歌っているその声は、紛《まぎ》れもなく、渚の声なのだ。

近藤たちのバンドが演奏し、渚の歌う『ジャニーのギター』である。

近藤は、音量を、目いっぱいに上げた。その時、突然、演奏も歌声も消えてしまった。

「もしもし、もしもし」

必死になって、近藤が、呼びかける。

だが、消えてしまった曲は、戻ってこなかった。

近藤は、ベッドに起き上がると、机の引き出しを探して、タバコを見つけ、それを口にくわえた。

渚が岩手に帰る三年前から、渚との約束で、近藤は、タバコを止《や》めていた。

突然聞こえてきた、渚の歌う『ジャニーのギター』を、どう受けとめたらいいのか分からず、近藤の頭は、混乱してしまっている。その気持ちを少しでも落ち着けようとして、ずっと止めていたタバコをくわえたのだ。

湿気《しけ》てしまっているタバコに、ライターを探して、火をつける。

渚との約束を守って禁煙したので、灰皿も捨ててしまったから、仕方なく、近藤はコーヒーカップを持ってきて、そこに、タバコの灰を捨てた。

近藤の頭は、混乱してしまって正常に戻らない。

今、携帯から聞こえたあの歌は、本当に、渚の声だったのだろうか？　それとも、あれは、幻聴というものだったのだろうか？

しかし、それを、確かめる方法は、見つからない。

近藤は、眠れないままに、朝を迎えた。

九時近くなるのを待って、近藤は、久しぶりに、渚の母親と弟がいる仮設住宅に、電話した。

高校生の弟が、電話に出る。

「近藤だけど、ちょっと、教えてもらいたいことがあってね」

と、近藤が、いった。

「どんなことですか？」

渚の弟が、妙に、切り口上な口調で、きく。

「お姉さんの渚さんが、行方不明になって、二年も経ちましたが、まだなんの手掛かりも、見つからないんですか？」

一瞬、間があってから、渚の弟が、いう。

「悔しいけど、姉は、まだ、見つかっていません」

「そうですか」

「もし、見つかったら、すぐ連絡しますよ」

相変わらず、硬い口調で、いう。

「そうですか。どうもありがとう」

近藤は、電話を切った。

出勤すると、昼休みに、S大時代のバンド仲間で、同じギターを、やっていた吉田《よしだ》に、電話をかけた。

吉田は現在、青山にある保険会社で働いている。

「今日、会社の帰りに、一緒に夕食をしないか？　俺が奢《おご》るよ」

と、近藤が、いった。

新宿に、吉田が知っているというイタリア料理屋があり、そこで、落ち合うことにした。

3

近藤は先に行き、吉田を、待った。この店には、個室があるので、内密な話をする時には、便利な店である。

約束の時間に五分ほど遅れて、吉田が、やって来た。

「昼間は、やたらに、真剣な電話だったが、いったい、何があったんだ？」

と、吉田が、急《せ》かすように、きく。

「これからゆっくり話すよ。とりあえず先に、ビールで乾杯しよう」

と、近藤が、いった。

まず、ビールを飲み、イタリア料理を食べる。

近藤は、昨夜の電話のことを、なかなか、切り出すことができなかった。近藤の話を聞いたら、吉田はたぶん、そんなものは、幻聴に決まっていると、笑うだろう。近藤には、そんな気がして、仕方なかったからである。

それでも、食事が終わる頃にやっと、覚悟を決めて、

「これは、本当の話なんだ。ウソじゃないんだ。そう思って、聞いてほしい」

と、近藤が、切り出した。

「もちろん、ちゃんと聞くよ」

吉田が、いう。

「昨夜の零時過ぎに、ベッドに入っていたら、突然、携帯が、鳴ってね」

と、近藤が、いった。

吉田は、黙って聞いている。

「携帯に出たら、いきなり、古いジャズの曲が、聞こえてきたんだ。俺の好きなペギー・リーの『ジャニーのギター』という曲なんだ」

「その曲なら、よく知っている。君が、どうしても、演奏したいというから、古い楽譜を探し出してきて、バンドでやったじゃないか」

「それが携帯から聞こえてきたんだよ。女の歌声も聞こえてきた。それが、渚の声なんだ。その瞬間、俺は、血の気が引いていくのを覚えた。もちろん、嬉《うれ》しかったさ。何しろ、彼女の声だったからね。しかし、二年間も、行方不明のままで、遺体さえ、見つかっていないんだ。その渚の声だったから、身体《からだ》がふるえた。それでも、聞いているうちに、だんだん嬉しくなってきた。とにかく、彼女の声を、聞けたんだからね」

「ちょっと、待ってくれよ。それは、本当の話なんだろうね？」

　吉田が、念を押してきた。

「だから、最初に、断ったじゃないか。これは、ウソや作り話なんかじゃない。本当の話なんだ」

「しかし、彼女が行方不明になってから、もう二年が経っているんだろう？　残念だが、どう考えたって、生きているはずがないじゃないか？」

「俺だって、そう思う。だが、あれは間違いなく、渚の声だったんだよ」

「じゃあ、途中で、相手に聞いたんだろう？　電話をしてきたのが、本物の渚かどうかと、確認したんじゃないのか？」

　と、吉田が、いう。

「もちろん、聞いたさ。途端に、演奏も、渚の歌声も消えて、電話が、切れてしまったんだ」

「じゃあ、誰かが、君をからかったんだよ。あまりにも、君が落ち込んでいるから、からかってやろうという、たちのよくないヤツが、いるんだ」

「からかった？」

「そうだよ。俺たちのバンドで、君のリクエストの『ジャニーのギター』を演奏して、渚が、歌ったことがあった。それを後輩たちに、記念として残すために、録音をしたことがあったじゃないか。たしか、ダビングして、テープを欲しいという下級生たちに、配布したことがあった。それを、君が今でも、渚を諦め切れずにいて、悶々《もんもん》とした日々を送っているのを知って、ジャズ研の後輩の誰かが君をからかうつもりか、それとも、君を慰めるために、君に、聞かせたんじゃないのか？」

「俺自身は、何回でも、渚の声を聞きたかったから、渚の歌の録音テープを大事に持っているが、バンドのほかの連中が、今でも保有しているなんてことあるんだろうか」

　と、近藤は、いった。

「それなら、君自身は、その電話をどう思っているんだ？」

と、吉田が、きく。

「それが、俺にも、分からないから、君に電話をして、話を、聞いてもらうことにしたんだ」

「たしか、岩手には、渚のお母さんと弟さんが、いるんじゃなかったかい。そこに電話をして、聞いてみたら、どうなんだ?」

「もちろん、電話して聞いたよ。渚の弟にね」

「それで?」

「まだ行方不明のままだそうだ」

「そうか。じゃあ、やっぱり幻聴だよ。この二年間、君があまりにも、渚のことばかり、考えているから、夢でも見たんだろう。起きてからも、夢の続きみたいに、君の耳には、渚の声が、聞こえていたんだ。それこそ紛れもなく幻聴だと思うよ」

「正直にいうと、幻聴でも、何でもいいんだ。それでも、渚の声を聞きたい」

と、近藤が、いった。

その日、自宅に帰ると、前夜ほとんど寝ていなかったので、背広のまま、ベッドに横になり、五、六分すると、眠ってしまった。

夜半過ぎ、また携帯が鳴った。

4

近藤は、ベッドに横になる前、携帯が鳴ったら、すぐに取れるようにと、携帯を頭のところに、置いておいた。

すぐ携帯を取って、ボタンを押す。

また『ジャニーのギター』が流れてきた。覚悟していても、やはりゾクッとする。

渚の歌声が、聞こえてくる。

今日は、途中で、声をかけずに、黙って最後まで、聞こうと決め、近藤は、息をひそめて、携帯を耳に当てていた。

演奏しているバンドは、近藤たちのバンドである。

この曲は、元々は、『大砂塵《だいさじん》』というアメリカ映画の中で歌われた曲だが、その映画自体は、近藤は見ていない。

いつの間にか、近藤は、バンドや、渚の声に合わせて、小声で、歌っていた。そのうちに、演奏も渚の歌声も、聞こえなくなった。

初めて、そこで、

「もしもし、もしもし」

と、呼びかけてみたが、応答はない。切れてしまったのだ。

5

翌日の水曜日、近藤は、東京駅から、東北新幹線に乗った。

岩手には、近藤は、何度となく、行ったことがあった。最初は、渚が、家の仕事を手伝うために会社を辞めて、帰郷してから、彼女を訪ねていったのだ。それから月に一度は訪ねていたが、最後に行ったのは、津波が襲って来て、渚が行方不明になったと知り、心配して渚の母親が住む仮設住宅を訪ねた時だった。その後は、渚の安否を尋ねる電話を、二カ月に一回はしていたのだった。だから、岩手に行くのは、今回二年ぶりである。

東北新幹線を八戸《はちのへ》で降り、その後、久慈《くじ》から、北リアス線に乗る。南リアス線のほうは、現在もまだ、全面的には復旧していないが、北リアス線のほうは、一部を除いて、以前のように列車が走っていた。南の宮古《みやこ》方面へ行く列車である。

一両編成、ディーゼル。走り出すとすぐ、近藤は、窓の外の景色が、異様なことに気がついた。

南下する方向に向かって、右側の窓からは、高台が見える。そこには、道路を走っている車が見え、家々が、並んでいる。時には、仮設住宅が。

左側の窓の外に見えるのは、全く別の景色だった。

こちらに広がるのは、海岸線である。そこには、あの日まで、小さな漁村があり、水産加工の工場があり、村役場もあったに違いない。今、目に見えるのは、その残骸《ざんがい》でしかない。

かろうじて、骨組みだけが残っている家があるが、そこには雑草が生えていて、人の気配は全くなかった。

宮古への途中の無人駅Kで、近藤は、列車を降りた。

そこから歩いて十五、六分のところの、少し高台になった辺りに、仮設住宅が並んでいた。その中の一軒は、小さな店だった。

「藤井水産加工」

の看板が出ている。たぶん、以前の工場の看板だろう。

こちらで売っているのは、蒲鉾《かまぼこ》と、アジやカレイの開きである。

あの大地震の前までは、従業員が、三十人近くいたというが、今は渚の母親と、高校生の息子と、そして、知り合いのおばさんが三人だけでやっている、ごくごく小さな店である。

高校生の渚の弟が、七輪で、アジの開きを焼いて、同じ仮設住宅の人たちに、ふるまっている。そんな高校生の弟に、近藤は、声をかけた。

「昨日は、突然電話をして、ごめんね。どうしても、渚さんの行方が気になって、ここまで来てしまったんだ」

その声で、渚の母親が、店の外に出てきて、律義に、近藤に声をかけてくる。

「わざわざ、東京からおいでになったんですか？」

「ええ、今、こちらが、どんな状況なのか心配になって、見に来たんです」

と、近藤は、いい、渚の名前は、わざと口にしなかった。

その後、近藤は、仮設住宅の前に置かれた椅子に腰を下ろし、渚の弟が焼いてくれたアジの開きを、黙って、食べた。

近藤は、携帯のことを、渚の母親や弟に、話そうかどうか迷っていた。

しかし、どうにも、うまく切り出せないので、平凡に、

「まだ渚さんは、見つかりませんか？」

母親に、きいた。

「今、一週間に一度、湾の中を、潜水して調べてもらっているんですけど、まだ、見つかっていません。もしかすると、このまま見つからないかもしれませんね」

母親が、重い口調で、いった。

「他に、何か、渚さんの情報は、入っていませんか？」

「この近くだけでも、まだ二百人以上の人が、行方不明に、なったままなんですよ。み

んな、少しでも早く、見つけ出したいと思っているんですけど、ダメなようです。それでも、渚の遺体が、見つかるまでは、お葬式を挙げる気にもなれないんですよ」

と、母親が、いった。

そんな話を、聞いていると、どうやら、渚の歌声が、携帯にかかってきたのは、近藤のところだけで、母親や弟の携帯には、かかってきてはいないらしい。

結局、近藤は、携帯の話を、母親や弟にはいう気にはなれず、同じ仮設住宅の中にある村の事務所に行ってみることにした。

仮設住宅を、二軒繋《つな》いだような形にして、その中に、村役場ができていた。

近藤はそこに行き、身分を明かして、

「藤井渚さんのことで、何か分かったことはありませんか？」

と、きいてみた。

「藤井さんの娘さんのことねえ」

相手は、言葉の語尾を長く伸ばしてから、

「一刻も早く、見つけ出してあげたいとは思っているんですが、残念ながら、なかなか見つかりません。津波で相当遠くまで流されてしまったらしいので、これ以上どの辺を、探したらいいのか、みなさんも、分からずに困っているんですよ。この分だと、現在、行方不明になっている人たちが全員見つかるのは、何年も先のことだと思われますね」

その職員は、いった。

「藤井渚さんのことで、こちらに、電話がかかってきたりはしていませんか？　自分は、渚さんのことを、よく知っている、そういう人からの電話なんかが」

「かかってはきませんね。もし、何か情報があれば、そこを、重点的に探すんですが、情報は、何もありません」

と、相手が、いった。

役場を出ると、近藤は、海岸に向かって、歩いて行った。

かつてこの地区には、千人あまりの村人たちが生活していたというが、今、そこに残っているのは、人々の家の土台石だけである。

さらに、歩いて行くと、入江になっているK湾があり、そこには、三隻の小さな漁船が、停《と》まっていた。

以前は、漁船が群れをなして停まっていて、渚の父親がやっていた水産加工の工場が、桟橋のそばに建っていたのを、近藤は覚えている。

小さいが、活気のある、漁村だった。

しかし、今は、水産加工の工場も消え、群れを作っていた漁船の代わりに、たった三隻の漁船が、停まっているだけである。

近藤は、岬の突端に向かって歩いていった。今、目の前に、広がっている湾内は穏やかで、優しい。

しかし、大震災の時の、映像を見ると、あの時の海は猛《たけ》り狂って、家も、工場も、船も、車も、あらゆる物が押し流され、沈み、こわれ、そして、沖にさらわれてしまった。

近藤は、岬の突端まで行き、草むらに、腰を下ろした。

日差しは、すでに春の暖かさになっている。数週間前までは、この辺りまで、雪が厚く積もっていて、一メートル近い積雪に蔽《おお》われていたが、今は、その雪も融《と》けて、遅い春が、訪れようとしていた。

近藤は渚と二人で、土手に並んで、腰を下ろして、海を眺めていたことが、あった。

「弟が、大学を出て、父の跡を継いだら、私は東京に帰る。だから、それまで待っていてほしい」

と、渚は、いっていたのだ。

それが全て、あの三月十一日で、終わってしまった。

地震が起きた時、渚は、会社で帳簿をつけていたと、弟は、いう。

母親が、一緒に、逃げようといったのに、渚は、今、仕事が、大事な時だから、後から行くといって、母親と弟は、先に高台に逃げて助かった。

その直後に、高さ何メートルという猛烈な津波が、押し寄せてきて、三階建ての会社を、一気に、のみ込んでしまったのである。

今、目の前は、静かな湾である。

眠くなるような、穏やかな暖かさが、ここにある。

渚と二人で、ここに座っていた頃は、今と同じように、静かで暖かくて、このまま何事もなく、渚が東京に戻ってきて自分と結婚するのだと、近藤は、思っていた。

近藤は、立ち上がると、仮設住宅を、もう一度見たいという気にはなれず、北リアス線のK駅まで、歩いていった。

最後に、渚に会った日、東京に帰る近藤に向かって、渚が、

「ぜひ、あなたに、見せたいところがあるの。私がいちばん好きなところ」

と、いい、北リアス線の列車に乗って、浄土《じょうど》ヶ浜《はま》に、近藤を、案内したのである。

今日は、帰りに、そこに行ってみるつもりだった。

6

近藤は、北リアス線とバスで終点の宮古まで行き、そこからは、彼女と一緒の時と同じようにタクシーを拾って浄土ヶ浜に向かった。

山の中を走り、海が見えてくると、あとは下りだった。

浄土ヶ浜は、あの時も今も、全く変わらないように見えた。ただ、渚と一緒に行った

あの時には、観光客で、あふれていた。

それが今は、観光客の姿は、一人も見ることができなかった。そこには、ただ、美しい景色だけが目の前に広がっている。

仏や菩薩《ぼさつ》が住む世界、浄土に似ているとして、浄土ヶ浜と、名付けられたという海岸である。巨大な岩が、あちこちに、そそり立ち、海岸には、白い砂と小石が絵のような、広い砂浜を、作っていた。

あの時は、観光客があふれていて、観光客が与えるエサを求めて、たくさんのウミネコが頭上を舞い、岩の上で、羽を休めていた。

エサは、えびせんである。それを袋ごと買って、頭上に、投げると、ウミネコが低空で飛んできて、うまく、キャッチする。

それを見て、時々、観光客が歓声を上げていた。

渚も、嬉しそうに、声を上げていたが、今、その渚はいない。観光客の姿もない。

あの観光客もウミネコも、いったい、どこに行ってしまったのだろうか？

あの時と同じように、えびせんを売っている店はあった。だが、それを買おうという客は、一人もいない。

近藤は、もう一日、ここで過ごしたくなって、浄土ヶ浜に近い山の中にあるホテルに、一泊することにした。

東京ではなく、岩手の海岸にいても、携帯が、同じように鳴って、渚の歌声が聞こえてくるのだろうか？　それを、確認したかったからである。

こちらのホテルも、宿泊者は、少なかった。いつになったら、観光客が戻って来るのだろうか？

がらんとした食堂で、夕食を食べ、部屋に入ると、携帯を枕元に置いて、ベッドに横になった。

なかなか携帯は、鳴らなかった。そのうち、つい、ウトウトとしてしまった。

その時、携帯が鳴った。

腕時計に目をやると、すでに、午前零時を過ぎている。

携帯を耳に当て、

「もしもし」

と、呼びかけたが、答える声はない。

その代わりのように、音楽が聞こえてきた。相変わらず、『ジャニーのギター』である。そのうちに、渚の歌声が入ってくる。

どう聞いても、渚の歌声である。

近藤は、今夜は、それを、録音することにした。

十五、六分続いた後、前と同じように、音楽も、渚の歌声も消えていった。

翌日、近藤は、ホテルで、バイキング形式の食事を済ませると、タクシーを呼んでもらい、宮古市内に、向かった。

近藤は、市内にある携帯電話の、営業所に行った。

幸い、近藤の持っている携帯の営業所だった。そこの営業所長の久保寺《くぼでら》に、近藤は、正直に、何もかも話をしてみた。

近藤が、渚のことを話している間、久保寺は最初、困ったような顔をしていたが、それが次第に、真顔になっていく。

話し終わってから、近藤は、

「信じていただけないかもしれませんが、これは、本当の話なんです」

と、いってから、近藤は、録音したものを、久保寺に、聞かせた。

「これと同じ音楽と歌声が、三晩続けてかかってきたんです。それで、私としては、どうしても、この携帯の音声が、どこから、発信されているのか、それを、知りたいのですが、何とか、なりませんか？」

久保寺は、すぐ、岩手県の地図を持ってきて、近藤の前に広げた。

「赤点で記してあるのは、うちのアンテナが立っている場所です。ところで、近藤さんは、東京と浄土ヶ浜の両方で、問題の音楽を聞かれたわけですよね？　どちらのほうが、音が、鮮明に聞こえましたか？」

久保寺が、きく。

「浄土ヶ浜近くのホテルのほうが、よく、聞こえました」

「それなら、発信元は、東京ではなくて、たぶん、この岩手のどこかでしょうね」

「そうですか」

「私も、近藤さんの今のお話には、興味があります。一般の方からの要請で発信元を調べることは、通常ありえません。ですが、私も身内を震災で亡くしており、近藤さんの悲しみが分かります。私の個人的な思いで協力したいと思います。一緒に、発信元を、突き止めようじゃありませんか？」

と、久保寺が、いってくれた。

受信アンテナのついた車が用意され、久保寺と、専門の所員が一人、そして、近藤の三人で、宮古から、北に向かって、走ってみることになった。

まず、アンテナの立っている場所に向かって、海岸線に沿って車を走らせていく。

海岸に打ち寄せられていた瓦礫《がれき》は、ほとんどきれいに、片づけられていても、それがかえって一層、海岸の荒涼たる景色を、近藤に感じさせた。

車は、ゆっくりと、北上していく。

久保寺が、車を停めたのは、渚の母親と弟が仮設住宅に店を出している、K駅の近くである。

三人は、車を降りた。目の前にK湾があった。

久保寺が、海に目をやって、

「発信されたのは、間違いなく、この辺りだと思いますね」

と、いった。

「しかし、地震と津波のせいで、この辺りには、何もありませんよ」

と、近藤が、いった。

「この辺りは、以前は、難聴地区だったので、向こうの山に、ウチで、アンテナを立てたのですよ。ですから、この辺り一帯は、携帯が、よく、聞こえるようになりました」

「それでは、向こうに、小高い山がありますね？　あそこに、アンテナが、立っているというわけですか？」

「ええ、そうです。聞いてみましょう」

と、久保寺が、いった。

営業所長の久保寺は、自分の携帯を取り出すと、どこかに電話をかけていたが、しばらく相手と話をしてから電話を切って、近藤に向かって、

「あの山の上に、ウチの基地局が、あるんですよ。そこの責任者に、近藤さんが聞いたという音楽の話をしました。そうしたら、山の上の基地局でも、電波を受信したといっ

ています」

「本当ですか？」

「ええ、本当です。それで、近藤さんにお聞きするのですが、この辺りにあなたの知り合いがいて、録音したものを、携帯で聞かせたということは、ありませんか？」

久保寺が、きく。

「いや、それはないと思っているのです。私が三回聞いた、その演奏と歌声ですが、それを、誰かが発信しているのだとすれば、その誰かは、録音したテープを持っているわけです。しかし、私の知り合いの中には、そんなテープを持っていたとしても、こんな、手の込んだイタズラをするような人間は、見当たらないのですよ」

と、近藤が、いった。

その時、車に戻っていた、所員が、車から降りてきて、

「どうも、発信元は、目の前の海の方向のように思えますね」

と、いった。

久保寺が、海に目をやった。

つられるように近藤も、海に目をやった。そこにあるのは、穏やかな小さな湾である。

昔、渚の両親が、水産加工の会社を、やっていた場所である。

「近藤さんの話に出てくる藤井渚という女性ですが、彼女は、ジャズを、歌っている人

でしょう?」

「そうです」

「それなら、彼女は自分の歌を、自分でテープに、録音しておいたということはないんですか?」

久保寺が、きく。

「もちろん、私たちは、ジャズ演奏のとき、記念に録音していました。ダビングもしましたから、彼女が、その内の一本を持っていた可能性はあります。練習して、うまく歌おうとしていましたから」

と、近藤が、いった。

「それにしても、おかしな話ですね。ご本人は、二年前から行方不明になったままなんでしょう?」

「そうです」

「そうなると、藤井渚さんは、無事で、この海のどこかから、問題のテープを流して、あなたに聞かせていたということになりますよ」

「それは、百パーセントないと、思います。第一、なぜ、彼女は、そんなことをするんですか? 自分が無事でいることを私に知らせたいのなら、私に会いに、東京に出てくれば、いいんですよ。テープの声を、携帯で聞かせるなんて、そんな面倒なことをしなくても、東京に来れば、それで分かりますから」

と、近藤が、いった。

「たしかに、そうなんですがね」

久保寺は、黙ってしまった。

近藤は、受信アンテナを動かしていた所員に向かって、

「発信元は、本当に、海の方向なんですか？」

「ほかに考えようがないんですよ。いくら考えても、この駅の前の海の上か、海の中になってしまうんですよ。そこから発信されたものが、山の上の基地局を使って、浄土ヶ浜のホテルで、あなたが受けたとしか考えられません。おそらく、海の上に浮かんでいる船の上から、誰かが、近藤さんの携帯に、電話をかけたのでしょうね。ほかには考えようがありません」

ここの村役場では、現在行方不明になっている人は、全員、津波が引き返す時に、沖に向かって流されてしまったと考えているらしい。そのあと、海の底に沈んだか、外洋に、流されてしまったかのどちらかだろうともいう。

もし、渚の遺体が、あるとすれば、この湾の海の底か、あるいは、外洋のどこかだろう。その渚が、近藤に、電話をかけてくるはずはない。

とすると、いったい、どう、考えたらいいのだろうか？

7

しびれを切らせた、久保寺がとうとう、山の上の基地局から、作業員を二人、電話でこちらに呼んでくれた。

その二人に、近藤が、三回目にかかってきた電話を録音したものを、聞かせた。

「これは、浄土ヶ浜のホテルで聞かれた電話の声ですね？」

と、基地局から来た二人のうちの一人が、きく。

「ええ、そうです。これが、鮮明に聞こえました」

「この時の電波を、基地局でも、受信していました。浄土ヶ浜も山の上の基地局のエリアの中ですから」

と、いう。

二人の作業員は、すぐ前の湾に目をやった。

「われわれが、計算したところ、基地局のエリア内で、いちばんはっきり聞こえるのは、発信元が、この海上か、あるいは海中にある場合になってくるんです。基地局から沖に向かって、五百メートル以内だと、計算上、いちばんはっきり聞こえます。もし、その時、湾内に船でも浮かんでいれば、間違いなく、その船上から浄土ヶ浜の近藤さんの携帯にかけたものと考えていいでしょう」

「失礼かもしれませんが、その計算は、間違ってませんか？」

近藤が、二人にきいた。

「計算上は、間違いなく、今もいったように、この湾上からの発信です」

「しかし、この湾に繋がれている船は、三隻で、全部、漁船ですよ。その漁船の関係者が、私の携帯の番号を知っているはずはないと、思うんですが」

「藤井渚という女性は、あなたの携帯の番号を、知っているわけでしょう？」

「もちろん、知っています。しかし、彼女が生きていて、私と連絡を取りたいと、思っているのなら、わざわざ、そんな、面倒なことはしないで、直接、電話をかけてくれれば、いいんです。あるいは、じかに会いに来れば、いいんです。海上の船から、電話して歌声を聞かせるような、そんな、面倒くさいことはしませんよ。私だって彼女だって、お互い無事ならば、一刻も早く、会いたい気持ちは同じですからね」

と、近藤が、いった。

そのうちに、久保寺が、急に張り切って、

「こうなってくると、気になってきて、徹底的に、調べなければ、気が済まなくなりましたよ。そうだ、港の漁師に、交渉して、漁船を海に出してもらおうじゃありませんか？　実際に、船の上から、発信したら、本当によく聞こえるものかどうかを、試してみたくなりましたよ」
久保寺は、一人でさっさと漁師に交渉しに行き、何とか、船を出してもらうことにな
った。
その後、近藤に、彼の携帯の番号を聞き、それを自分の手帳に写してから、
「あなたは、ここにいて下さい。われわれは、船に乗って、二百メートル先まで出てい
って、そこから、あなたの携帯に、電話をかけます。基地局のエリアの中ですから、は
っきり聞こえると思いますが、それが、浄土ヶ浜のホテルと同じ様に、鮮明に聞こえる
か、それを確認したいのですよ」
そういって、久保寺は、漁船に乗って、出発した。

8

漁船が、湾の真ん中あたりまで出たところで、近藤の携帯が、鳴った。

近藤が、携帯を耳に当てる。

「聞こえますか？」

と、久保寺の声が、いった。

「ええ、よく、聞こえますよ」

「浄土ヶ浜のホテルで、聞いた時と、どっちが鮮明ですか？」

「こっちのほうが、はるかに、鮮明です」

「では、いったん切りますよ。もう少し、船を、沖に出してから、もう一度かけます」

と、久保寺が、いった。

目の前から、漁船が、消えた。湾の外に、出たのである。

再び、近藤の携帯が、鳴った。

「聞こえますか？」

と、久保寺が、きく。

「雑音が入って、少し不安定ですね。聞こえたり、聞こえなかったりします」

近藤が、正直なところを、いった。

「これで、分かりましたよ。あなたにかかってきた三回の電話は、たぶん、湾の中からかけたものだと思いますね」

と、久保寺が、いった。

9

しばらくして、漁船が、戻ってきた。

船から上がってきた久保寺は、上気して、目をギラギラ光らせていた。

「こんなことは、初めての、経験ですよ。緊張しましたが、証明できて良かった」

と、近藤に、声をかけてくる。

「本当に、この湾内から、かけてきた電話なんですか？」

近藤が、きいた。

「まず、間違いありません。何しろ、ウチの、専門家が計算して、それにウチの基地局のエリアを考えに入れると、三回の電話は、この湾の中から、かけられたとしか考えられないのです」

「しかし、どうして、そんなところから、私に、電話してきたんでしょうか？　それが、分からないのですよ」

「その理由は、私にも分かりません」

「三日間続けて、私に、電話があったんですよ。三日間も、この湾の、二百メートル沖に、船を出して、そこから電話していれば、誰かが、気づくんじゃありませんか？」

と、近藤が、いった。

「たぶん、その人間は、三日間、漁船をチャーターしたんじゃないでしょうか。だとしたら、誰かが見ていたかもしれない」

久保寺は、そういったあと、ここまで来たら、とことん調べ尽くしてやるといった顔つきで、その漁船のところまで行って、船長を、連れてきた。
小柄だが、がっちりとした体つきで、顔の黒い、いかにも長年、漁師をやっていると
いう感じの男だった。
久保寺は、近藤にいう。
「こちらの、船長さんは、十八、十九、二十日と三日間、夜半には、ずっと船上から、
湾の中を、見ていたそうです。だから、もし、船が出ていけば、すぐに、分かるといっ
ています。ところが、その三日間、この湾の中で船を出した者は、一人も、いないとい
っています」
「それでは、おかしいじゃありませんか」
近藤は船長に目をやって、
「問題の三日間、午前零時から十五、六分の間なんですよ。その間、本当に、船は一隻
も出ていませんでしたか？」
「そんな時間に、船は、出ていませんよ。ここでは、船といえば私ら漁船しか考えられ
ませんからね。もちろん、ほかの港から、この湾に、入ってくる船は別ですけどね」
と、船長が、いった。
「それじゃあ、ほかの港からの船ならば、考えられるわけですね？」
「ええ、ないことはないが、そんな船が、どうして、夜中に、それも、こんな小さなと

ころに入ってくるんですか？　魚を持ってくるのなら、朝か昼間、あるいは、夕方に来ればいい。わざわざ、夜中に来る必要はないんだから」

と、船長が、いった。

たしかに、船長のいう通りかもしれなかった。

渚の母親と弟は、仮設住宅の中で、ささやかな水産加工の商売を、始めているから、どこの漁船でも、魚を持ってきてくれる船は、ありがたいだろう。

しかし、夜中に、わざわざやって来る漁船があるとは、近藤にも、思えなかった。

10

近藤は、翌日も、電話で会社に休暇の申請をして、もう一日だけ、休ませてもらうことにした。何としてでも、この岩手で、確認したいことがあったからである。

久保寺のほうも、すっかり、本気になっていた。

所員を交えた三人で、車の中で、一夜を過ごすことになった。

その夜半、近藤の携帯が、また、鳴った。

午前零時十五分である。

相変わらず、こちらから、声をかけても、何も返事がない。音楽が鳴り、そして、渚の歌声が、聞こえてくるだけである。

それを聞きながら、近藤は、車の外に出て、海に目をやった。他の二人も車から出て来た。

今日は、月の光が明るいので、湾の中がよく見える。

しかし、船らしい姿は、どこにも、見えなかった。三隻の漁船は、岸に繋がれたままで、鏡のような湾上には、これといった船の姿は、全くない。

しかし、近藤が、耳に当てている携帯からは、ジャズと渚の歌声が、前と同じように、続けて、聞こえてくるのだ。

しかし、いくら目をこらしても、湾の中に船の姿はない。

「船、いませんね？」

近藤が、久保寺に、いった。

「おかしいですね。基地局に問い合わせても、この湾内から、発信されているとしか、思えないというんですよ」

と、久保寺が、いう。

そのうちに、いつものように、音楽も渚の歌声も聞こえなくなった。

湾内の様子には、変わった点は、何もない。

近藤は、海にじっと目をやって、その場から動かなかった。

第二章　海　へ

1

　その時、北リアス線は、東日本大震災で大きな被害を受け、まだ復旧作業の最中だった。

　三陸鉄道の本社は、宮古市内にある。社長の片桐《かたぎり》は、今年度中に、北リアス線の全線開通を約束し、達成に向けて全力を注いでいる。

　問題は、南リアス線のほうだった。南リアス線は、あまりにも、被害が大きかったので、最初、鉄道として復旧させることは諦め、その代わりに、バスを走らせる計画になっていた。

　しかし、地元の人たちにアンケートを、取ったところ、

「絶対に、鉄道でなければ困る。バスでは、不便で生活することができない」

そういう声が多数だったため、南リアス線のほうも、鉄道による復興計画に決まったが、完全な復活が、いつになるかは、現時点では分かっていない。

片桐社長は、南リアス線復興計画を報道する、新聞記事に目を通していて、ふと、近くにあった「幻の携帯電話」という記事に惹《ひ》きつけられた。

三陸の沿岸に、小さな漁村があった。三月十一日の地震と、その後襲ってきた大津波によって、その漁村は、廃墟《はいきょ》と化してしまった。岸壁に建てられていた水産物の加工工場も全壊し、そこで働いていた若い女性が、行方不明になってしまった。

彼女の恋人が、東京に住んでいた。その恋人である近藤康夫さんの携帯に、毎夜、夜半を過ぎると、決まって電話がかかってくるのだという。

耳を傾けると、行方不明の恋人が歌うジャズの歌声が、聞こえてくる。

その電話が、いったい、どこから、かかってくるのか？　それを、知りたくて、現在、恋人が東京から三陸にやって来て、電話の発信元を突き止めようとしている。

そういう記事だった。

片桐社長は、秘書を呼んで、その記事を見せた。

「これによると、北リアス線の無人駅で降りたところに、壊滅した漁村があったというんだが、この記事に載っている、ウチの会社の無人駅というのがどこか、君は、知っているか？」

「それなら、K駅ですよ」

　と、秘書が、いった。

「なるほど。K駅か。たしか、あの辺は、三陸地方でも、いちばん、高い津波が押し寄せてきて、大きな被害を、受けたところじゃなかったかね？」

「ええ、そういわれています。あの辺りは、震災から二年経った今でも、海岸線が、全く復旧していません。ウチの会社としては、あの辺が、早く復興してくれれば、列車を走らせる意味があるということで、大いに力が湧くんですが、今のところ、なかなか、うまく行かないようです」

　と、秘書が、いった。

「ウチの社員の中にも、あの漁村の、出身者がいたかな？」

　片桐社長が、きいた。

「崎田《さきた》運転士が、たしか、あの漁村の出身だったと、思いますよ」

「崎田といえば」

　と、片桐社長が、天井に、目をやった。

「その通りです。崎田運転士は、ちょうど、地震が発生したまさにその時、北リアス線で列車を運転していたんです」

「それだよ。その話を思い出したんだ。たしか、崎田運転士は、何とか、無事だったはずだね？」

「そうです。崎田運転士と、十五人の乗客は、かろうじて助かりましたが、彼の家族は気の毒なことに、全員津波でやられて、今も、行方不明のままです」

「その崎田運転士を、ここに、呼んでくれないか」

と、片桐社長が、いった。

「承知しました」

秘書は、すぐに、崎田と連絡を取った。

しかし、いかに社長の指示でも、一人の運転士を、簡単に、呼ぶことはできなかった。ちょうど、北リアス線のどこかで、列車を運転しているかも、しれなかったからである。

結局、一時間近くかかって、やっと、崎田運転士が、社長室に、やって来た。

「君はたしか、漁村のあるK駅近くの出身だったね？」

「そうです。壊滅してしまった漁村の出身です」

「それでは、君は、この新聞記事を、知っているか？」

片桐は、問題の新聞を、崎田運転士に渡した。

崎田運転士は、小さくうなずいて、

「ええ、知っています。同じ漁村で起きた出来事なので。ただ、細かいところまでは、よく分からないのです」

「君は、今、どこに住んでいるんだ？」

「あの漁村の近くに、高台があって、現在、仮設住宅が造られ、村人の多くは、そこに移ってきています。私も、親戚と一緒に、そこに住んでいます。ただ、亡くなった家族のことを考えると、あれからもう、二年は経っていますが、正直、今でも精神的に参ってしまうことがあります」

と、崎田運転士が、いった。

「実は、君に、頼みがあるのだが、次の非番の日は、いつだ？」

「明日が、非番ですが、何でしょうか？」

「それなら、明日、私を、K駅まで連れていってくれないか？　その新聞記事に載っている、近藤康夫という人に会って激励したいんだよ」

と、片桐社長が、いった。

「分かりました。それなら、明日の朝、午前十時で、いかがでしょう？」

「ああ、それで、頼むよ」

「それでは、朝十時に、こちらにお迎えに上がります」

と、崎田運転士が、いった。

2

その頃、近藤康夫は、大手テレビ局のアナウンサーとカメラマンにつかまって、取材を受けていた。これで、二局目である。

アナウンサーが、マイクを突きつけて、聞いてくる。

「近藤さんのところに、行方不明の恋人から、毎日深夜に、電話が、かかってくるそうですね？　それが今、大きな話題になっているのですが、これは、本当なんですか？」

近くには、テレビ局の、大きな中継車が、停まっている。

取材を受けながら、近藤は、少しばかり不機嫌になっていた。テレビ局や新聞社、雑誌社などから、同じことばかりを、聞かれるからだった。

「たしかに、毎日深夜になると、携帯が鳴ります」

「鳴るとすぐ、近藤さんが電話に出るわけですね？　それで、その後は、どうなるんですか？」

と女性アナがきく。

「私は、毎晩遅くかかってくるのは、彼女の、声に間違いないと、思っていますから、それを確認しようとして、名前を聞くのですが、何の返事もなく、すぐバンドの演奏が、始まってしまうのです。そのバンドは、昔、私もメンバーの一人でした。その時のジャズが聞こえてくるんです。彼女がボーカルを担当していました」

「それで、ボーカルの恋人と、電話で話をするわけですか？」

「もちろん、もし彼女なら、私としては、一言でもいいから、言葉を交わしたいのですが、今もいったように、いくら、私が、問いかけても、何も、答えてくれません。そのうちに、聞こえていた音楽も、消えてしまうのです。そんなもどかしい状況が、毎日続いています」

「恋人からと思われるその電話は、海のほうから聞こえてくるようだと、新聞の記事には、書かれていますが、それも、本当ですか？」

「実は、かかってくる電話が、どこから、発信されているかが分からなくて、携帯関係の会社の人たちに、協力してもらって、探してみたのです」

「なるほど。結果は、どうだったんですか？」

「調べてくれた、携帯関係の会社の人は、海から、発信しているといっています。壊滅した漁村のあった小さな湾が、あるんですが、私もその湾のほうから聞こえてくるような気がして、仕方がないのです」

「どうして、あなたは、海のほうから、聞こえてくると確信しているんでしょうか？」

「それは、私にも、分かりません」

「例えば、こんなふうに、考えると、分かりやすいんじゃありませんか？　近藤さんの恋人、たしか、藤井渚さんでしたね？」

「ええ、そうです」

「その藤井渚さんという方は、今回の地震と津波があった時、海岸近くにあった、水産加工の工場で、働いていらっしゃったそうですね。地震が来たが、仕事を続けて高台に逃げなかったので、その後襲ってきた津波で、会社は、跡形もなく消え、働いていた渚さんも、流されて、行方不明になってしまったんでしょう。近藤さんは、もちろんそのことを、ご存じなので、どうしても、海のほうから、聞こえてくると思い込んでいるんじゃありませんか？」

　アナウンサーが、きく。

「たしかに、私の周りにも、今、あなたがおっしゃったことと、同じことをいう人もいます。でも、私には、彼女の声が、海から聞こえてくる。どうしても、そんな気がするのです。私と一緒に、受信機を使って、調べてくれた携帯会社の人がいますけど、その人も、計算上は海のほうから、私に、発信されているような気がすると、いっていました」

「しかし、それは、全て、恋人を想《おも》うあまり、妄想のように、近藤さんの頭の中に、聞こえてくるんじゃありませんか？」

言葉はやわらかいが、妄想だろうと、いっているのだ。

「妄想ですか。私も、時には、そんなふうに、考えてしまうことがありますが、毎日夜半過ぎになると、決まって、私の携帯が鳴るのは、紛れもない、事実なんですよ」

「一つ、お聞きしたいのですが、夜中に携帯が鳴って、近藤さんが、出ますよね。しかし、いくら、呼びかけても、恋人の渚さんの返事は、ないわけでしょう？　その代わりに、恋人の渚さんがボーカルを務めていた、ジャズバンドの演奏が聞こえてくる。そして、いつの間にか、消えてしまう。私が、聞いたところでは、このバンドの演奏で、ボーカルの渚さんが歌うのを録音したテープを、持っている人が、いるということですが、これも本当の話ですか？」

「本当の話ですよ。私自身も、録音テープを持っていますが、ほかにも何人か、録音テープを持っている者がいると、思いますね。それが、どうかしたのですか？」

「そうすると、誰か、藤井渚さんの歌声の、録音テープを持っている知り合いの一人が、あなたを、からかってやろうと思って、毎晩夜中になると、あなたの携帯に、かけてくる。そして、録音したテープを、あなたに、聞かせているんじゃありませんか？　あなた自身、そんなふうに、考えたことはありませんか？」

アナウンサーが、きく。

「たしかに、岩手に来る前には、友人のイタズラではないか、自分の妄想ではないかと、思ったこともあります。すでに、あれから、二年も経っているので、行方不明の彼女が、生きている可能性は、常識的に考えれば、残念ながら、ゼロに等しいと思えますからね。そう考えると、全てが妄想に思えてしまうこともあります。ただ、私は彼女の遺体が見つからない以上、どこかで生きているという望みを、捨てたことはありません」

「渚さんが、行方不明になってから、すでに二年が経ちますが、もし、彼女が、今でも生きているとしたら、どこで、何をしていると、思いますか？」

アナウンサーは、無遠慮に、近藤に、きいてくる。

「分かりませんが、おそらく、負傷して、歩けないような、あるいは、北リアス線に乗れないような環境に、置かれているのではないかと、思います。だから、私に電話する以外に連絡方法が無いのかもしれません」

「あなたが、問いかけても、渚さんは、全く、返事をしないわけでしょう？　もし、彼女が、身体を壊していて、動けないような状態になっていたとしても、電話で説明することはできるんじゃないですか？　それなのに、渚さんは、あなたの問いかけに、全く返事をしていません。近藤さんは、それを、どう考えているんですか？」

「もし、彼女が生きているとして、今、どこで、何をしているのか、想像できません。どうして、私の問いかけに、応じてくれないのか、それも、全く分かりません」

と、近藤が、いった。

3

「お医者さんに、相談されたことはありますか？」

女性アナウンサーが、また無遠慮な質問をした。

「それは、つまり、私が、精神的に病んでいて、幻覚に、とらわれている。彼女からの電話も妄想だと、そう、思われるんですか？」

「いや、決して、そういうことじゃありませんが、一応、念のために、お聞きしておこうと思って」

アナウンサーがあわてて、いった。

「私は、医者に診てもらったことは、一度も、ありません。これからもそのつもりはありません」

近藤が、強い口調で、いった。

「それでは、近藤さんは、子供の時、何か自分が、人とは違っていると、思ったことはありませんか？」

「そうですねぇー」

と、近藤は考えてから、

「子供の時に、よくいう肉体と精神が、遊離してしまう経験を、したことがあります」

「それは、いったい、どんな状況になったのですか？」

　アナウンサーが、問いつめてくる。

「例えば、風邪を、引いたとするでしょう？　そうすると、いつの間にか、子供だった私には、天井辺りから、下に、布団をかぶるようにして咳《せき》をしている自分の姿が、見えてくるんです。子供の時には、そういう経験をしたことが何回か、ありましたが、大人になってからは、一度も、ありません」

　近藤は、アナウンサーをからかうように、笑った。

「精神と肉体の遊離ですか。これは、大変面白いことを、お聞きしました。あなたは、大人になってからは、全く、そんな経験をしていないと、いわれました。しかし、三月十一日に、恋人が、行方不明になってしまった。それを聞いた途端に、あなたの身体と心が、遊離してしまったんじゃありませんか？　自分では、気がつかないうちに」

「いや、そんな、感じを受けたことは、大人になってからは、一度もありませんから、そういうことは、ないと思います」

「三月十一日の地震と津波は、おそらく、強烈な影響を、あなたに、与えたんだと思いますね。K村は壊滅状態に陥り、恋人も、行方不明になってしまったわけですからね。それは、あなたにとって、大きなショックだったと思いますよ。それで、少しばかり、あなたの精神が不安定になってしまった。その精神のままで、あなたは、新聞を見、テレビを見た。当然、ショックで、通常の精神状態では、なくなってしまった。そうは考えられませんか？」

「いや、私は、あなたが、いうような、そんな不安定な精神状態で現実を見てはいません。多少疲れてはいると思いますが」

近藤が、いった。

「しかし、私たちは、リアリストですから、あなたが、毎日深夜に、行方不明の恋人が、携帯に、電話をかけてくるといっても、申し訳ありませんが、その話を信用できないのですよ」

「いや別に、マスコミの方が信用してくれようが、くれまいが、そんなことは、どちらでもいいのです。ただ、私の邪魔は、しないでほしい。そう思っているだけです」

「私たちのほかにも、テレビ局が、取材に来たんじゃありませんか？」

「テレビ局や、新聞社や雑誌社やら、毎日のように来ていますよ。やたらに、インタビューを受けましたが、私のほうも、マスコミをあまり信用していないので、あなたたちも、そのつもりで、私のことを、扱ってください」

と、近藤が、いった。

「もちろん、私たちも、頭からウソだろうと決めつけてはいませんよ。ただ近藤さんの話を、うのみには、出来ないのですよ」

「それは、当たり前でしょうね」

「つまり、私たちは、近藤さんの話はロマンチックで、素晴らしいので、何とか、信じたいのですよ」

「何のことですか？」

近藤が、きく。

「私たちも、近藤さんのこの話を、テレビで放送するからには、正確を期したいのですよ。ですから、深夜になると、行方不明の恋人から、あなたの携帯に、電話がかかってくるという、その証拠があったら、私たちに見せてほしいのですよ。何か証拠になるようなものを、お持ちですか？」

「彼女からの電話は、三回目から、録音していますよ」

と、近藤が、いった。

「録音ですか？」

「ええ、そうです。証拠といえば、それが証拠ですが」

「それでは、それを、聞かせてもらえますか？」

と、アナウンサーが、いった。

近藤が、自分の携帯を取り出して、録音されている電話の内容を、相手に、聞かせた。

深夜になると、携帯が鳴り、近藤が出る。そして、ジャズが、聞こえてくる。それに混じって、ボーカルの渚の歌う声が流れてくる。

しかし、それを聞いても、アナウンサーは、難しい顔を、崩さなかった。

「この録音以外に、ほかの証拠の品は、ないんですか？」

「ほかには、ありません。それに、私は独身ですから、彼女から私に、電話がかかってきた時に、いつもそばに、第三者の証言者が、いるということはありません」

「どうにも弱いなあ」

と、女性アナウンサーが、声を出した。

「弱いって、何が、どう弱いんですか？」

「さっき、あなたも、いわれたじゃありませんか？　ジャズの演奏と、渚さんが歌う声を、何人かの人間が、録音テープで持っている。そういわれたんですよ」

「ええ、いいましたが」

「だとすると、録音されたものを持っている人間が、あなたを、からかおうと思って、深夜に、電話をかけてきていることだって、十分に、あり得るわけですよ。ジャズの演奏と、ボーカルの渚さんの声を、あなたに、聞かせて、何もいわずに、切ってしまう。これは、あなたの、お友だちのイタズラと考えるのが妥当だと思いませんか。あなたは、この録音の中で、何度も、彼女に呼びかけていますが、返事は、全くありませんね。このことは、お友だちの、単なるイタズラだという証拠じゃありませんか？　たぶん、相手は、バンドの仲間か、後輩の中にいるんじゃないですか。あなたが呼びかけても、返事をしない。返事をしたら、イタズラだということが、分かってしまうから、したくてもできないいんですよ。渚さん本人ではなくて、別の人間の、イタズラだと、すぐに分かって、しまいますからね。それで、私たちは、この、録音以外の、別の証拠が、欲しいんですよ」

「別の証拠ですか」

と、つぶやきながら、近藤は、自分の携帯を、ポケットに、仕舞ってから、

「今もいったように、他の証拠なんか、ありません。彼女は、今も、なお行方不明なんですから」

近藤が、繰り返した。

「どうしても、弱いなあ。何かちゃんとした証拠があれば、話に、もっと、信憑性《しんぴょうせい》が増すんですけどねぇ」

と、アナウンサーは、同じ言葉を、繰り返していたが、カメラマンに、合図をすると、中継車に、戻ってしまった。

4

三陸鉄道の片桐社長は、社長室でテレビを見ながら、迎えが来るのを、待っていた。

テレビの中では、再建不可能ではないかと思われていた南リアス線が、全線ではなく、途中までの間ではあっても、何とか再開して、カラオケ列車を走らせているというニュースを、流していた。

それに、使われているディーゼル列車の車両が、真新しくて、全体的に力強くて、社長を喜ばせた。

約束の、午前十時ちょうどに、崎田運転士が、社長室に、顔を出した。

片桐社長は立ち上がり、崎田運転士と一緒に、宮古駅に向かった。

宮古駅から、久慈駅に向かうディーゼル列車に乗った。

北リアス線と、南リアス線とも、三陸の海岸に沿って、走っている。そのことが、津波による被害を、大きくしてしまったのだが、こうして、窓の外の海を見ながら行くと、やはり、三陸鉄道は、海岸線を走らなければ価値がないのだと、片桐社長は、改めて、思ってしまう。

片桐社長は、二年前の、あの日のことを思い出していた。

大地震と大津波が、南北リアス線を壊滅させてしまった。大地震と大津波が、線路を、ことごとく、ひん曲げてしまったのである。駅も、壊された。

それでもなお、片桐社長は、とにかくレールがあるところを整備して、列車を走らせろと、社員に、命令し、途中までしか、走らせることができないのだから、運賃は、タダにすると、主張した。

しかし、いくらレールは、無事でも、その上に、津波が、さまざまな残骸を運んできて、レールをその残骸で、覆《おお》ってしまっていた。ディーゼルカーだから、レールさえあれば、走らせることは、できるのだが、そのレールが残骸で、覆われてしまっては、列車を走らせることができない。

そこで、片桐は、自衛隊に応援を頼んで、レールの上に、かぶさっている大量の瓦礫を、片づけてもらうことにした。そこまでして、片桐は、最初の主張通り、震災からわずか、五日後の三月十六日に、列車を走らせることが、できたのである。

それは、三陸の人々に向かって、三陸鉄道は、絶対に、復興するという、強い意思表示でもあった。

5

Ｋ駅で、片桐社長と、崎田運転士は、列車を降りた。

近くに漁村がある。いや、あったというべきだろう。

海岸線は、ここでも、津波によって、何もかも流されてしまっている。さらに、電信柱も車も、そして、水産加工工場もなくなっていた。

「どこにいったら、近藤という男に会えるのかね？」

片桐社長が、足を停めて、崎田運転士に、きいた。

「私が聞いたところでは、毎日、海を見に行っているそうです。だから、今も、海岸にいるんじゃありませんか？」

と、崎田が、いった。

そこで、二人は、海岸に向かって、歩いていった。

岸壁が近づいてくる。そこには、かつて水産加工工場があった。そこで、渚という近藤の恋人が、仕事をしていて、工場ごと流されてしまったのである。

片桐社長は、そのこわれた岸壁の高台に、一人の男が、腰を下ろして、海を眺めていることに、気がついた。

どうやら、その男が、片桐社長が会いたいと願う近藤康夫らしかった。

崎田が、男を呼びに行こうとするのを、手で制して、片桐は、一人で、男に近づいていった。

近藤と思われる男は、チラリと、片桐社長のほうに、目をやった。

近藤には、近づいてくる男が、誰だか分からないらしく、また、関心がないといった感じで、目を再び、海のほうに、戻してしまった。

片桐社長は、近藤のそばまで、行くと、隣りに腰を下ろし、声をかけた。

「何を見ているんですか?」

「海。海ですよ」

「近藤康夫さんですよね?」

「ええ、そうですが」

「私が聞いたところでは、あなたが、結婚を約束していた、藤井渚さんという女性が、今回の大地震と大津波で、行方不明に、なられたそうですね?」

片桐が、いったが、近藤康夫は、黙ったままだった。何やら、不安げな表情で、片桐社長を見た。

そんな近藤の様子を見て、

「これは、失礼しました。まずは、自己紹介しましょう」

片桐は、用意してきた名刺を、近藤に渡した。

三陸鉄道社長の肩書が、ついた名刺である。

「先日、あなたのことを、新聞で、拝見しましてね。実は、ウチの、社員にも、この漁村の出身者がいるんですよ。列車の運転士をやっているんですが、その運転士も、地震と津波で、家族を失っているんです。そんなこともあって、あなたの記事には、正直、感動しました。できれば、あなたのことを、ウチが出している会報に、載せたいのです。それが叶《かな》えば、ウチの社員にも、一般の市民にも、大きな勇気を、与えると思いますよ。それで、ぜひ、お話を、聞かせてほしいのです。あなたの携帯に、毎日深夜になると、行方不明の恋人が、電話をかけてくる。新聞には、そう載っていましたが、これは、本当の話ですか？」

その質問に、近藤は、またかという顔になって、

「信じていらっしゃらないのなら、私に、話を聞くのは止めてください。私もお話しする気にはなれませんから」

その言葉に片桐は、慌てて手を横に振って、

「いや、信じます。私は、どんなことでも、信じますよ。私は、長年、この三陸で、鉄道の事業に、関係してきました。その経験からいうのですが、この世の中、形のあるものでも、信用してはいけない。逆に、形のないものでも、信用すべきものは、信用しなければいけない。だから、あなたの携帯が、深夜になると、鳴るというのも、彼女の歌声が、聞こえてくるというのも、作り話などではなく、本当の話だろうと、私は信じています。できれば、近藤さんの力に、なりたいと思っているんです」

熱心に語りかけてくる、片桐の言葉に、近藤は、どうやら、心を動かされたらしい。

「私は、彼女が、この湾の中から、電話をしてきていると信じているのです。しかし、多くの人は、何も見えないじゃないか、証拠が、ないじゃないかといって、私の話を、信用しようとはしないのですよ」

近藤は、続けて、

「向こうに、漁船が、三隻見えますよね？」

「ええ」

「以前は、この小さな湾の中に、二十隻を超す漁船が、係留されて、漁が、盛んに行われていたそうです」

「三隻、漁船が、いるということは、あなたが、考えるように、あなたの恋人が、海の上から、あなたに、電話をしてきたとしても、決しておかしくはないことの証拠だと私も思いますよ」

と、片桐は、いってから、さらに、言葉を続けて、

「実は、それほど大きなものじゃありませんが、津波の被害が比較的少なかった近くの港に、私はクルーザーを、持っているのです。明日にでも、そのクルーザーを、こちらに回してきます。それに乗って、一緒に海の上で、行方不明になっている、あなたの恋人を探そうじゃありませんか？　どうですか、海の上で、藤井渚さんを一緒に、探しま

せんか？」

近藤は、しばらく、下を向いて考えていたが、顔を上げると、

「よろしく、お願いします。私も、じっとここに、座っているよりも、船に乗って沖に出て、行方不明の彼女を、探したほうが、よほど気が紛れると思っていたところなんです」

「それでは、時間を決めて、明日も、ここで待ち合わせしませんか？」

「いいですよ」

「それなら、午前十時にしましょう。それまでにクルーザーを動かして、ここに、やって来ますから、二人で、行方不明の渚さんを、探そうじゃありませんか？」

片桐が、近藤の肩を叩《たた》いた。

6

翌日、近藤は、同じ場所に、腰を下ろして、三陸鉄道の、片桐社長を待った。

約束の、午前十時に五分ほど遅れて、沖合に真っ白なクルーザーが現れ、ゆっくりと湾内に、入ってきた。

クルーザーには、夜になって乗ることになった。

近藤にとって、三陸鉄道の社長、片桐の呼びかけは、大いに、力になった。

しかし、全員が全員、片桐のように、近藤の話を聞いて、激励してくれる人たちばかりではなかった。

それでも近藤は、渚からの電話の手がかりを現地でつかみたいので、東京には帰るに帰れず、会社に長期休暇を願いでて、漁村近くのプレハブの住宅に、しばらくの間、住むことにした。

そのプレハブ住宅は、近藤が使っている、携帯電話の会社が、以前から社員のための保養所として利用していたものだった。今のところ、使う予定はないということで、提供してくれたのだ。近藤のために、いろいろと、便宜を図ってくれた久保寺営業所長が、こんなことをいった。

「これは、今のところ単なるウワサなんですが、近藤さんの、携帯電話の番号を、かなりの高値で、買いとるという、そんな話があるんですよ。この話、近藤さんは、ご存じでしたか？」

「いや、知りません。どうして、私なんかの、携帯の番号が、売買されるんですか？ 私は、そんな有名人でもありませんよ」

「行方不明の恋人から、かかってくる電話ということで、あなたは、その恋人からの電話を録音しているわけでしょう？」

「そうです。録音しています」

「その内容を知りたい人間が、沢山いるんですよ」

「それが、どうして、私の携帯の番号の売買と、結びつくのですか？」

「東日本大震災では、家族を失った人が何千人、何万人も、います。特に、津波で家族を失った人たちの中には、その遺体を見ていない人が多いんです。だから、行方不明になったままで、遺体が見つかっていないから、お葬式を出すこともできないし、お墓を建てることもできないという人も、たくさんいます。そんな人たちにとって、近藤さんの電話のことは、大きな希望に、なっているんです。だから、その人たちは、近藤さんと恋人との間の電話の内容を、知りたいと、思っているようです」

「それなら分かります」

近藤が、いった。

「もっとも、そういう善意の人たちだけではないんです」

「それも、よく分かっています。頭から、私の電話のことを、ウソだと決めつけて、非難する人も、いますからね」

「そうですよ。あなたの電話の話が、新聞やテレビで取り上げられて、大きな話題になればなるほど、それを、金儲《かねもう》けに使おうとする人間もいるんです。あなたの電話番号を知っている人は、沢山いますよね。例えば、あなたの会社関係者、あるいは、高校や大学時代の同窓会や同好会の名簿などを持っている人たちです。中には、お金に困っている人もいるでしょうから、あなたの電話番号を売ることも当然考えられます」

「しかし、渚からの電話は、あくまでも、私の個人的な、問題でしょう。そんなものが、どうして、金儲けのネタに、なるんでしょうか？」

「まず第一に、マスコミに、売れます。あなたにかかってくる電話が、本当だと、決めつけても、金になるし、ウソだとなっても、大金を出して、それを買う、マスコミがいるんです。いつでも、あなたの携帯電話に連絡できる、だから、あなたの携帯の番号を知りたがっているんです」

「なるほど。そういうことですか」

「渚さんから、かかってくるのは、いつも、深夜を、過ぎてからでしょう？」

久保寺が、きいた。

「そうです。たいてい、午前零時を過ぎた頃に、かかってきます」

「最近、それ以外の時間に、かかってくることはありませんか？」

久保寺が、きいた。

「そういえば、最近朝早くから、やたらに、携帯が鳴ることがあります」

「そういう電話にも、近藤さんは、いちいち出ているんですか？」

「そうです。渚から、いつ電話がかかってくるか、分かりませんから、携帯が鳴った時は、深夜以外でも、何時であろうと、必ず出るようにしています。しかし、昼間にかかってくる電話は、たいていイタズラ電話で、私のことを、からかったり、バカ野郎と一言叫んで、切ってしまったりです」

「それなら、近藤さんにも、よく分かるでしょう？　あなたの携帯の番号を、高い金額で、買っている人間がいることが。それが、善意の人間ならいいですが、悪意のある人間が、近藤さんの携帯の番号を、買っていたら、そういう連中は、あなたのことを、からかうイタズラ電話を、かけて、喜んでいるんです。どうですか、いっそのこと、思い切って、携帯の番号を変えてしまうつもりは、ありませんか？　そうすれば、イタズラ電話は、なくなると思いますよ」

と、久保寺が、いった。

その言葉に、近藤が、笑った。

「番号を変えたいと思っても、そんなことができないことは、所長さんにも、よく分かるでしょう？　番号を変えてしまったら、渚から、電話がかかってこなくなって、しまいますよ」

その言葉に、久保寺は、頭をかいた。

「そうでしたね。私のところには、イタズラ電話が、多くて困るので、携帯の番号を、変えたいというお客さんが、よく来ます。つい、そのつもりで要《い》らぬことをいってしまいました。申し訳ありません。今、近藤さんの携帯の番号を、変えてしまったら、渚さんは、電話をかけてこられなくなってしまいますね」

「そうです。だから、イタズラ電話が、いくらかかってきても、携帯の番号を、変えることは考えていません」

と、近藤が、いった。

その後、新聞の隅のほうに、小さなスペースだが、久保寺による、

「イタズラ電話は止めましょう」

という投書が、載った。

「近藤康夫さんに、毎夜、行方不明の恋人からかかってくる電話が、一躍、有名になりました。この電話については、信じる人もいるし、信じない人も、います。

どちらにしろ、温かく、見守ってあげるのが、人の情というものでは、ないでしょうか？

ところが、ここに来て、どこで、近藤康夫さんの携帯の番号を、知ったのかは、分か

りませんが、心無いイタズラ電話が、かかるようになっており、近藤さんの気持ちを、苦しめています。

近藤さんにとって、行方不明の恋人からかかってくる電話は、生き甲斐《がい》なのです。ですから、それを、からかうような行為は、慎みましょう」

そういう記事だった。

結果的に、この小さな記事も、近藤を苦しめた。

近藤は、今は、東京に帰って、以前と同じように、会社に行くことが、できなくなり、毎日深夜になると、携帯を持って海辺に行き、渚からの電話を、心待ちするようになっていた。

久保寺は、記事の中で、近藤をからかうのは、止めようと、訴えたが、それがかえって、近藤を、からかってやろうという、心無い人たちの数を、増やすことになってしまったのである。

イタズラ電話の数も多くなり、内容も、新聞記事の後では、さらに悪辣《あくらつ》になっていった。

近藤が電話に出ると、

「彼女からの電話だと、思っただろう？　バカ野郎！　お前の彼女は、津波に流されて、

「もうとっくに、死んでいるぞ」

とか、

「いつまでも、バカなことをやっていないで、いいかげん、諦めろ」

と、いった電話が多くなってきたのである。

それでも、近藤は、耐えた。渚からの電話を待つ以外に、彼女に、近づく方法がなかったからである。

もう一つ、近藤を、悩ませているのは、カメラだった。

近藤は、久保寺が都合してくれたプレハブ住宅に住み、深夜になると、渚からの、電話を受けるために、海岸に、出て行くのだが、それを知って、近藤をカメラに収めようとする人間が、増えてきた。

夜でも、赤外線カメラを使えば、近藤の姿は、はっきりと、写ってしまう。

カメラに撮って、

「頑張ってください」

と、優しく、声をかけてくれる人もいるが、その写真を、マスコミに売りつける人間も多い。

そこで、近藤は、電話を受ける場所を、転々と、変えるようになった。

時には、久保寺が、車を提供してくれることもあり、その時には、安心して車の中で渚からの電話を待つのである。

それでも、相手は、車に乗って現れ、久保寺が、提供してくれた受信装置付きの車に、自分の車体を近づけてくる。あるいは、近藤が受信装置付きの車に、乗り込むところを狙って、写真に撮ったりする。

そうなると、近藤も、久保寺に、迷惑をかけるわけにもいかず、今度は、海岸から離れた山の中で、渚からの、電話を待つようになった。

それでも、近藤が、勇気づけられているのは、相変わらず、午前零時過ぎになると、決まって、一日も休むことなく、携帯が鳴るからだった。

呼び出し音が鳴る。電話に出る。渚の名前を呼ぶ。

相変わらず、返事はなく、その代わりのようにジャズが流れて、渚の歌う声が聞こえてくる。

それを聞くと、近藤は、やはり、夜半に渚からの連絡を待つのを止めるわけにはいかず、東京に戻ろうという気持ちは、次第になくなっていった。

ただいつまでも、休んでいては、会社に申し訳ないと思い、近藤は、手紙で、退職願を送ったが、それに対する会社の返事は、まだ、来ていない。会社は、近藤に対して、好意的に見てくれているのだ。

その頃から、近藤は、渚からの電話に対して、返事はなくても、毎日の、自分の気持ちを勝手に、しゃべることにした。そうすることで、近藤は、自分の気持ちが、休まるような気がするからだった。

今夜は、片桐社長が、クルーザーを用意してくれているので、他人の目やカメラを気にする必要はなかった。

それに、海に出れば、渚が返事をしてくれるかもしれない。

漁船の隣りに繋いであったクルーザーに、乗り込んだ。

片桐社長が、いう。

「乗組員は、みんな信用のおける連中だから安心して下さい」

風が強くなっていた。

沖は、荒れそうだった。

第三章　盗　難

1

近藤を乗せたクルーザーは、ゆっくりと湾口に向かって進んでいく。

港の奥に繋がれている、三隻の漁船は、小さな明かりをつけただけで、黙って、見送っている。

空には、星が見えず、月の明かりだけである。

あの日、この港では、湾の入り口の狭さが、逆に、津波の威力を倍加させて、K村が灰燼《かいじん》に帰したのである。

湾口の片方の岬で、急に、明かりが光った。

片桐社長が、いう。

「そういえば、今日から、湾の入り口に、高さ八メートルの、防波堤というか、防潮堤を築く作業が、始まっていましたね。おそらく、その工事の、明かりでしょう」

近藤も、その話を聞いていた。

いざとなった時には、高さ八メートルの鉄の扉で、港を塞《ふさ》いでしまうのだという。県の話によると、そうすれば、大きな津波が襲ってきても、その防潮堤で、防ぐことができれば、今回のように、K村が破壊されることは、なくなるだろうと、説明されている。

しかし、K村の人たちの、三分の二以上が、この防潮堤の建設には、反対していた。

もし、高さ八メートルもの、防潮堤ができたら、水路は確保されているとしても、魚は外海《そとうみ》から湾に入ってこなくなるだろう。魚が、回遊してこなければ、漁村としての、このK村は、やっていけずに、滅びてしまうに、違いない。

村人たちの間には、そんな反対の声が、多かったのである。

しかし、県は、村民の声は無視して、高さ八メートルの防潮堤を、本気で、造るつもりらしい。

船室の中で、近藤は、目の前に置いた携帯を、じっと、見つめていた。

間もなく、午前零時になる。はたして、今晩も、渚からの電話が、かかってくるだろうか？

船が、湾の入り口に、近づいた時、携帯が鳴った。

片桐社長が、近藤の携帯に、マイクを繋いでおいたので、相手の声も拡大されて、そここにいる三陸鉄道の社員たちにも、聞こえるようになっていた。

近藤が、携帯を取り、

「もしもし、僕だ」

と、相手に、呼びかけた。

しかし、今日も返事の代わりに、聞こえてきたのは、ジャズの演奏である。女の声が、歌い出した。

それは間違いなく、渚の歌声なのだ。

近藤は、相手の返事を、待たずに、いつものように、勝手に、渚と思われる相手に、呼びかけた。

「こうして毎日、決まった時刻に、君は、僕に、電話をかけてくる。今日も、君が聞いているものだと思って、勝手に話す。もし、君が、僕に答えてもいいと、思ったら、その時には、今、いったい、どこにいるのか、何をしているのかを、答えてくれ」

しかし、渚は、いつもと、同じように、何も答えてくれない。

音楽だけが聞こえ、彼女の歌う声だけが、近藤の耳に飛び込んでくる。

十分近く経って、いつものように、音楽が消え、歌声も消えて、電話が、プツンと切れてしまった。

「午前零時十五分でしたね」

腕時計を見ながら、片桐社長が、近藤に、声をかけた。

「いつもそうです。この時間になるとかかってきます」

近藤が、答える。

「私は、今、問題の女性の歌声を、初めて聞いたのですが、この電話は、毎日、午前零時過ぎに決まって、かかってくるんでしょう？」

「そうです」

「それで、今日は、いつもと少し違ったところが、ありましたか？」

と、片桐が、きいた。

「いや、別にありません。いつもと、全く同じでした」

「今、マイクで、流れてきた音楽と、女性の歌声を、聞いていたんですが、もしかすると、私の気のせいかも、しれませんが、音楽や歌の調子に、小さな波が、あったような気がするのです」

「波ですか？」

「ええ。そうです。小さな波のようなものが感じられたのです。ということは、向こうは、固定電話ではなくて、携帯電話で移動しながらかけているのではないか？　何となく、そんな気がしましたね」

と、片桐が、いった。

「でも、私には、そんなふうには、聞こえてこないのです」

と、近藤が、いった。

「それでは、あなたには、どんなふうに聞こえているんですか？」

「これは、あくまでも、私の勝手な想像なんですが、東京で聞いた時よりも、このK村に来て聞いたほうが、はっきりと、聞こえます。さらにいえば、高台で聞くよりも、海に出て聞くと、もっと、はっきりとするのです。ですから、渚は、携帯電話を持って、移動しながらかけているというよりも、どこか、この海の近くで、動かずに、毎日、午前零時過ぎに電話をかけてきているのではないかと、勝手に思っています。その場所を、何とかして、探し出したいのですが」

近藤が、いうと、片桐が、

「どうですか、湾の外まで、出てみますか？」

と、提案した。

「いや、私には、湾の外ではなく、湾口の辺りから聞こえてくるような気がするのです」

「それならば、この辺りの海を、調べてみましょう」

片桐はあっさり、近藤の言葉を受け入れ、船はゆっくりと、湾の入り口の近くを、回り始めた。

乗組員たちが、懐中電灯を持って、甲板に出てくると、海面を照らしだし、何か見えないかと探し始めた。

暗い海面に、何条もの光が、交錯して、激しく走った。

しかし、何も、見つからない。

「私が、勝手に、調べてもよろしいでしょうか？」

片桐が、いった。

「何を、調べるんですか？」

「今、近藤さんの携帯に、渚さんから電話がかかってきましたよね？　その時、相手の音楽や歌声をマイクで拾い、勝手に録音させてもらいました。この録音を、私の知っている専門家に、聞いてもらって、この音楽や歌が、固定の電話から、発せられたのか、それとも、携帯を使って流しているのか、また、携帯ならば、移動しているのかどうか、もっと詳しく調べてみたいと、思っているのです。構いませんか？」

「構いません。それが分かれば、私も知りたい。ただ、一つだけ、お願いがあります」

「何でしょう？」

「その結果を、マスコミには、発表しないでいただきたいのです。マスコミが入り込んできて、あれこれ騒ぎ立ててくると、彼女が、電話をかけてくるのを止めてしまう恐れがあります。それだけは、絶対に避けたいのです」

「分かりました。その点は、注意いたします。私も、別に、マスコミのために、近藤さんに、こうやって、船に乗っていただいたわけではありません。私も、今回の地震と津波で、友人知人の何人かを、失いました。ですから、あなたの気持ちは、よく分かります。あなたの恋人が、生きているのならば、何とかして見つけ出したいのですよ」

2

近藤の、東京の会社に提出した退職願は、正式に、受理され、退職金として、八百万円が支払われることになった。

その振り込まれた八百万円のうち、半分の四百万円を引き出し、それを持って、近藤はK村役場に、村長の磯村《いそむら》を、訪ねていった。

津波で流されてしまった村役場は、今もまだ仮設の建物である。

「K村の、再建計画を教えていただきたいのです」

近藤が、村長に、頼んだ。

「それについては、今、いろいろと、考えているんです。地震に続く津波で、海辺にあった村役場も、海産物の加工工場も、村人の住宅も、小学校も、とにかく、全部の建物が無くなってしまいました。役場は、こうして今は高台の仮設で仕事をしています。村人たちも仮設に住んでいます。会議を開いて、人々の願いを、聞いてみると、このK村は、海がなければ、生きていくことは、できないと、誰もが、いうのです。海辺に、家を建てたり、水産物の加工場を、建てたりするのは、危険だという人もいますが、村の大半の人たちは、昔のように、海辺で、暮らしたいと、思っているんですよ。今、漁船は、わずか、三隻しかありませんが、昔のように、二十隻以上が、集まって、外海で漁をして帰ってくる。魚を加工して、特産物として、売る。それ以外に、この村が、生き延びる道はありません」

と、磯村村長が、いった。

「しかし、湾の入り口に、高さ、八メートルの防潮堤を造るんですね？」

「そうです」

「あれは、漁業の邪魔には、ならないのですか？」

近藤が、きいた。

「村としては、県に対して、このK村は、漁業を、復活させなければ、絶対に、やっていけない。だから、元のように、海辺に、魚の加工工場を、造ったり、村役場を、建てたい。船も二十隻は欲しい。そう、県にお願いしたのです。県からは、元のK村に戻すのなら、湾の入り口に、高さ、八メートルの防潮堤を造ることが条件だといわれたんです。ですから、あれは、K村を元に戻すために、どうしても、受け入れざるを得ない事業計画なんですよ」

と、村長が、いった。

「以前、湾口近くに、海産物の加工工場が、ありましたね？」

「ええ、ありました。あの藤井水産加工工場は、三十人近い村人が働いていたところですから、村が生きていくためには、必要不可欠なものでした。だから、県には、あの工場を、再建するための資金を、貸してくれるように、私らも藤井さんを支援して、再三、陳情しているんですが、なかなかうまく行きません。とにかく、問題は、お金なんですが、もう一つ、場所についても、県は、もっと奥に造れというのです」

と、村長が、いう。

近藤は、持ってきた、四百万円を、村長の前に置いた。

「あの加工工場や港などの、整備費用として使って下されば、ありがたく思います。津波に襲われる以前、加工工場を見て感動したことがあり、もう一度、あの湾港に建つ素晴らしい風景を再現してほしいんです。私も、そのお手伝いがしたいので、わずかですが、これを、受け取っていただきたい」

近藤が、いった。

「お気持ちは大変ありがたいのですが、近藤さんは、この村の、人間ではないでしょう？」

と、村長が、いう。

「たしかに、そうですが、私としては、何としてでも、この村のために、お役に、立ちたいのですよ」

と、近藤が、いった。

村長は、短く、

「ああ」

と、うなずいてから、

「分かりました。それでは、このお金は、工場の、再建が始まった時に、使わせていただきましょう。ありがとうございました」

と、いって、頭を下げた。

3

この時、もう一つ、近藤が、村長に頼んだことがあった。

それは、東京から、このK村に、住居を移したい。K村の住民に、なりたいという希望だった。

近藤の願いは、聞き入れられ、数日後、近藤は、正式に、東京から、岩手県K村に住所を移した。つまり、K村の、住人になったのである。

住まいは、しばらくは、携帯電話の会社が、用意してくれた中古のプレハブ家屋である。

近藤は、あの大震災の、被災者ではない。したがって、県や国から、生活のための資金は、おりないため、近藤は、一人で仕事を見つけ、生活していかなければ、ならなかった。

それでも、近藤の手元には、退職金の残り四百万円が、あった。その四百万円がなくなるまでの間に、何とかして、恋人の渚を見つけ出して、再会したい。それが、近藤の願いの全てだった。

4

片桐社長は、船内で、録音した問題の音声を、大学時代の、同窓生で、アメリカに留学し、現在は、音響工学の専門家として、東京の大学で、教鞭《きょうべん》を執っている友人のところに、持っていった。

その友人は、録音された音声を二、三回聞いた後で、

「たしかに、君が、いうように、音に小さな波が、あるね。これはたぶん、風の影響か、

あるいは、波の影響の、どちらかに、どちらかだろうと思うね」

「専門家の君に、そのどちらかに、決めてほしいんだ。難しいかもしれないが」

片桐社長が、いうと、友人は、しばらく、考えていたが、

「そうだね、風の強いところで、電話をかけていると、どうしても、体が動いてしまう。そんな状況での電話だろうが、波のほうは、海上に、漂っている船の上か、あるいは、水中で、動いている、潜水艇のようなものの中から、電話をしているかの、どちらかだろう。この音声だけでは、そこまでしか、いえないな」

それを、持ち帰って、片桐社長は、三陸鉄道の会報に、載せた。

その一方で、高さ八メートルの防潮堤の工事が、次第に、本格的になっていった。

防潮堤は、巨大鋼鉄製の壁を海の中に沈めて造るので、工場で、あらかじめ、その壁を造ってきて、それを、船で運んで、湾口に沈めていくのである。

その工事のため、近藤は、船で、海に出ることが、できなくなった。

三隻だけ、残っていた漁船も、近くの漁港に、避難してしまった。

そんな時に、突然、奇妙なウワサが、広まっていった。

渚が、恋人の近藤に、毎夜、必ず零時過ぎにかけてくる電話は、海底に沈んだ船の中から、発信しているという奇妙なウワサである。もちろん、近藤が、流したウワサではない。発信者も不明なまま、そのウワサは、あっという間に、広まっていった。

Ｋ村を含めて、周辺の市や村には、いまだ、行方不明のままの人が何人もいる。その家族から、何とか、遺体の一部でもいいから探し出してほしいという要望は、絶えず、村や県に届いていた。

そこへ来て、この、ウワサである。

県としても、その声を、無視するわけにはいかなくなった。というより県庁の中にまで、そのウワサが広がっていったのである。

渚だけではなくて、ほかにも、県内だけで、一千人以上の行方不明者が出ていて、まだ発見されていないのである。ウワサの生まれる余地があったことになる。

何とか、見つけ出して、葬ってやりたいという家族の声が、この、ウワサと共に、大きくなっていった。

そこで、県は二日間に限って、潜水士に依頼し、湾の中や、外海を調べることに決めた。当然、その二日間は、防潮堤の建設工事も中断された。

県から依頼された、プロのダイバー五人が、Ｋ村に到着し、二日間にわたる海中の捜索が、始まった。

一日目も二日目も、村人たちは、仕事を休み、総出で、海辺に陣取り、その捜索を見守った。

一日目に、見つかったのは、二人の村人が身にまとっていた、衣服だった。死体のほうは、たぶん、海流に、流されてしまったのだろう。見つからなかった。

それでも、男女二人の衣服は、村人によって、確認された。

そして二日目、近藤も、海辺に行って、捜索の模様を、眺めていた。

この日も、村人のほとんどが、海辺に降りてきて、捜索の模様を、眺めていた。

そんな時、突然、サイレンが鳴りひびいた。ところが、それでも、海辺に、集まった村人たちは、動こうとしなかった。

その後、五、六分すると、今度は、パトカーのサイレンが聞こえてきた。パトカーの姿を見て、ようやく、海辺に、集まっていた村人たちが、騒ぎ始めた。

二台の、パトカーは、高台にある仮設住宅のほうに、向かって走っていった。それにつられて、村人の何人かが、跡を追った。

近藤も、気になったので、彼らと一緒に、仮設住宅のある高台に向かって走った。

5

高台に並ぶ、仮設住宅の住人たちは、海の捜索を見守るために、ほとんどの人間が、海辺に出払っていた。その、がらんとした仮設の中で、K村の磯村村長が、倒れて、死んでいたのである。

村長のすぐそばには、自転車が、横倒しになっていたから、磯村村長は、カラになってしまった、仮設住宅のことが、心配になり、自転車で、回っていた時に、何者かに、襲われたと、思われた。

二台のパトカーから降りてきた、県警の刑事たちが、うつぶせに、倒れている村長を抱えるようにして、仰向けにした。

作業服姿の、胸の辺りが、血で真っ赤に、染まっていた。

その周りを取り囲んだ村人たちの間から、驚きの声が、上がっていた。

警官の一人が、メガホンで、集まっている村人たちに、向かって、

「皆さんは、ご自分の仮設住宅に戻って、部屋の中を、調べてみてください。磯村村長は、この仮設の村が、空っぽになってしまったので、盗難を、心配して、自転車で回っておられたと思われます。その時、空き巣と遭遇して、刺されたことが、考えられますから」

と、大声で、叫んだ。

村人たちは、自分の住む仮設住宅に向かって、散っていった。

あとに残ったのは、近藤と、二人の、村人だけだった。

近藤は、死んでいる磯村村長と、二日前に会ったことを、思い出していた。

その時、村長は、

「震災から、二年も経っているのに、いまだに、私たちは仮設住宅住まいです。まして や、破壊された、港湾施設や、村民の職場だった、水産加工工場の再建なども、ほとんど進捗《しんちょく》していないんです。それでも、この村は、漁村としてしか、生きていかれないし、私たちも漁業以外に、生計をたてる術《すべ》を知りません。だから、多少の危険はあっても、元のように、海辺に村を、再建したいのです」

と、熱っぽい口調で、近藤に、語っていたのである。

「警察に連絡してきたのは、どなたですか？」

中村《なかむら》と名乗る警部が、きいた。

その場に残っていた村人の一人が、

「私です」

「あなたは？」

「助役の小杉《こすぎ》といいます」

「磯村村長は、あなたの、証言では、無人になってしまった仮設住宅のことが心配で、役場の自転車に乗って、見回りに、行ったといわれましたね？」

「そうなんです。今日は、行方不明者を探すために、県が、潜水士を雇って、大々的な捜索を、行っていたので、村人はみんな、海辺に行ってしまっていたんです。村長は、盗難が、心配だといって、自転車に乗って、仮設住宅の、見回りに行ったんです。私も、後から、追いかけたら、村長が、ここで、死んでいたんです。それで、慌てて一一〇番しました」

助役の小杉が、いった。

「こんなことが、前にもありましたか？」

刑事が、小杉に、きく。

「去年のお彼岸の時ですが、その時は村人のほとんどが、お寺に墓参りに、行きました。その留守に、空き巣が、入ったことがありました。被害は、ほとんどなかったんですが、一人だけ戸山久一郎《とやまくいちろう》という老人が、先祖伝来の火縄銃を盗まれたと、騒ぎ出しました。津波で息子夫婦を亡くし、ショックで、認知症になっている、というウワサもあって、真偽のほどは分かりませんでした。しかし、そんなこともあって、村長は、警戒して見回りに、行ったんだと思います」

小杉助役が、いった。

「そうですか」

と、刑事は、うなずいてから、

「磯村村長に、ご家族は、いないんですか？　いらっしゃるのなら、ここに、呼んでいただきたいのですが」

「磯村村長の奥さんは、今度の、大震災で亡くなりました。今まで磯村村長は、一人暮らしをされていました」

「そうですか。それでは、助役さんが、確認してください。これから司法解剖のために、磯村村長の遺体を、大学病院に、運びます。助役さんも、一緒に来ていただきたいのですが」

と、刑事が、いった。

磯村村長の遺体と一緒に、小杉助役は、パトカーに乗り込んで、走り去った。その場に残ったのは、刑事二人と、近藤と、もう一人の村人だけだった。

二人の刑事が、磯村村長が倒れていた場所に立ち入り禁止のテープを、張って、現場の保存に、努めている。

近藤は、もう一度、海に向かって、歩いていった。

現場にいたもう一人の村人も、近藤と一緒に、海に向かって、歩いていく。

その村人は、安田《やすだ》という、年老いた漁師だった。彼は、今回の大震災で、自分の船を失っていた。

近藤が、海辺に腰を下ろすと、安田も、その隣りに、腰を下ろした。

近藤は、その漁師の顔は、知っていたが、今までに、話をしたことはなかった。年齢は、六十代の後半だろう。顔に刻まれた、深いシワと、日に焼けた浅黒い顔が、長い漁師生活を、物語っていると、近藤は思った。

湾の中では、依然として、ダイバーによる遺体の捜索が、続いていた。

「早く、息子の遺体が、見つかってほしい。そうしないと、これから先、漁師をやっていいのか、悪いのか、踏《ふ》んぎりがつかないんだ」

と、安田が、つぶやいた。

その声で、近藤は、この安田という漁師が、津波で、漁船だけではなく、後継者だった二十代の息子も失っていることを、思い出した。

「息子さんの遺体が、見つからないうちは、もう一度、漁師をやろうという決心が、つきませんか？」

近藤が、きいた。

「そうだね」

と、安田は、小さな声で、いってから、

「もし、息子の遺体が見つかったら、ぜひとも、墓を建ててやりたいと、思っているんだ。その墓を守るために、もう一度、漁師を、やってみよう、頑張ってみようという気にもなるだろう。だが、息子の遺体が見つからないと、墓は、建てられないし、海に出ていく気持ちにも、なれない」

と、だんだん声が小さくなっていく。

その時、突然、湾口の近くで作業していた船の上で、大きな喚声が、上がった。

何か見つかったらしい。

途端に、安田は、立ち上がると、壊れた桟橋を、船に向かって走り出したのである。

その光景を、近藤は、呆気《あっけ》にとられて、眺めていた。

安田は、桟橋の先まで、走っていくと、船に向かって、何やら、声を上げている。

その安田に対して、船の上の人間が、何かを、手に持って、盛んに、振って見せている。

途端に、安田の身体が、その場に、崩れ落ちてしまった。残念ながら、安田が、見つけ出してほしいと、思っていたものではなかったらしい。

この時見つかったのは、診療所の名前の入った、車椅子の車輪の部分だった。

それは、安田の息子のものでは、なかったし、渚のものでも、なかった。

6

翌日から、県警の刑事たちが、やって来て、殺人事件の本格的な捜査が始まった。

殺された磯村村長は、胸を二カ所、鋭利なナイフのようなもので、刺されていた。現場から、凶器と思われるものは、見つかっていないから、犯人が、持ち去ったか、あるいは、海に投げ捨てたかしたのだろう。

村人たちが、海辺に集まっている間に、荒らされた仮設住宅は、全部で四軒だった。問題は、盗難に遭った、品物である。

このK村は、古くからの漁村で、これはウワサでしかないが、源義経《みなもとのよしつね》が、京都から東北に逃げた時、このK村に、立ち寄り、漁師たちが作った焼き魚と、握り飯を食べていったという伝説が、残されている。それだけに、ほとんどの家が、地震と津波でやられてはいたが、それでも、古い品物を、持っている家が多かった。

そのいくつかが、盗まれたと、報告されている。

県警は、久慈警察署に捜査本部を置いた。

県警捜査一課の中村警部は、盗られたと報告されてきた品物を、黒板に、書き出していった。

江戸時代、漁師たちが海でとってきた魚の漁獲高とそれを市場で売った金額などが記された帳面も、なぜか盗まれていた。

さらに、県から、村人たちに出された見舞金を、盗まれたという村人もいた。

現場を捜索しての収穫は、荒らされた仮設住宅のうち、二軒の家から、同一の指紋が発見されたことだった。念のために、村人全員の指紋も、採って照合したが、それは、村人の指紋とは、合わなかった。

そこで、中村警部は、その指紋を、岩手県警本部に送り、前科者の指紋との照合を依頼したが、該当者は見つからなかった。そこで、本部から東京の警視庁に、問い合わせることにした。警視庁の保管している犯罪者カードの中に、該当者がいるのではないかと、考えたからである。

7

去年の話である。

東京都世田谷区内の豪華マンションの一室で、その年の暮れ、正確に言えば、十二月二十日の夜に農林水産大臣の大西正彦《おおにしまさひこ》が殺された。

その部屋の住人の名前は、橋本《はしもと》ゆう子、三十五歳、大西の女である。

大西は、大臣としてよりも、資産家で、歴史好き、骨董《こっとう》好きで知られ、特に、昔の武器の収集で知られていた。

大西は、もう一つの収集にも熱心だった。それは、女である。大西は、これまでに、三人の女と結婚し、三回離婚していた。事件の時は独身で、大いに羽を伸ばしていた。女のほうも独身なら問題はなかったのだが、大西という男は、なぜか、人妻とか、相手のある女を、好んで口説《くど》く癖があり、当然のことながら、絶えず、女性関係で問題を起こしていた。

橋本ゆう子も、知り合った時は、結婚していた。

それを、大西は、金と大臣の地位を利用して、口説き、七千万円で購入したマンションに、囲《かこ》うところまでいってしまった。

従って、この殺人を担当することになった警視庁捜査一課の十津川《とつがわ》は、犯行の動機は、大西大臣の女性問題だろうと考えた。

その考えは、今も変わらないが、彼が悩んだのは、犯人が、どうやって、大西に近づいて、殺すことが出来たかということだった。

大西にはSPがつく。が、大西が女の所に行く時は、大西本人がSPを帰してしまうし、SPも遠慮する。

しかし、十津川は、現場のマンションに行って、ガードの厳重さに驚いた。

また、秘書の話によると、大西は、女の所にいる時は、誰にも会わないのだという。

もう一つ、十津川が驚いたのは、日本の武具収集家の大西は、女のマンションにも、日本刀と、槍を置いていたことである。

その上、大西は、剣道三段であり、居合いの達人でもあった。こうなると犯人が、マンションに忍び込んでも、逆に大西に斬り殺されてしまうだろう。

ところが、十津川が現場で見た二つの死体、大西大臣と、橋本ゆう子の死体には、犯人と争った形跡がなかったのである。

大西の左のこめかみのあたりに、穴があいていて、至近距離から撃たれたのだろうと、想像された。女のほうは、眉間《みけん》のあたりに、同じような穴があいていた。

司法解剖の結果、二人の頭蓋骨から、一発ずつ、つぶれた弾丸が摘出された。しかも、鉛で作られた弾丸である。つまり、二人は火縄銃で殺されたと思われるのである。

不思議な殺人事件だと、十津川は思った。

女の部屋には、火縄銃が無かったから、犯人は、火縄銃を持って、マンションに行き、その火縄銃で二人を殺し、そのあと、持ち去ったのだろう。

二人は、ナイトガウン姿で死んでいた。そして、テーブルの上には、上等のワインのボトルとグラスが、二つ、といっても、グラスのほうは、二つとも、倒れて転がっていた。

二人の死亡推定時刻は、午後八時から九時。

こんな状況で、大西大臣は、犯人と会ったのである。

最初、事件の解決は、容易だろうと、十津川は、思ったのだが、それが意外に難航して年が明けてしまった。

鑑識の調べで、犯人は、自分の指紋を、全て消し去って逃げたと考えられたのである。

当然、殺された橋本ゆう子の夫、橋本健二《けんじ》が、重要参考人として、浮かび上がった。

十津川たちが、自宅を訪ねると、橋本は、

「妻が殺されたのですか。自業自得でしょう。大西と不倫しているのは、分かっていました。ほとほと、愛想が尽きていましたから、近々、離縁しようと思っていましたよ。私は、その時刻、六本木のクラブにいましたから、従業員たちが、私の無実を証明してくれるはずです」

と、いった。

日下《くさか》と北条《ほうじょう》の、二人の刑事が、従業員たちに話を聞き、橋本健二のアリバイが成立した。そこで、事件の手掛かりは無くなり、膠着《こうちゃく》状態に陥っていた。

それが、最近になって、大西と橋本ゆう子が射殺されたマンションから、犯人が消し忘れた指紋が、たった一つ、発見されたのである。

それが、前科のある高木義之《たかぎよしゆき》の指紋だった。

ところが、ここで、また壁にぶつかってしまった。

一つは、高木はすでに出所していたが、行方が、分からないことだった。

二つめは、高木義之と、被害者の関係だった。高木と、大西大臣との関係も不明だったし、橋本ゆう子との関係も分からないのである。

関係が分からなければ、犯人の高木がなぜ、二人を殺したのかも分からないのだ。ただ、漠然とはしているが、橋本ゆう子の夫である健二が、妻の不倫に腹を立て、妻と大西を殺すように高木に依頼した。高木は、多額の報酬をもらうことで、依頼を受け、実行した。その想定の下で、橋本健二と高木義之との接点がないか、調べ上げたが、全く見つからなかった。その上、前科者の高木が、現職の大臣である大西に、なぜ会えたのかが、判然としない。事件の真相の解明には、高木から事情聴取するしか、手立てはないのだが、彼の行方は杳《よう》として、摑《つか》めなかった。

再び、壁にぶつかったかと思われた時、東北から突然、朗報が、もたらされたのである。

それも、小さな漁村からである。

この日も、捜査本部は、重苦しい空気に包まれていた。

何とか、打開しようと、大西大臣の趣味である、日本の古い武具の収集について、専門店の主人を呼んで、話を聞いていた。

「大西さんとのつき合いを話して下さい」

と、十津川がきくと、相手は、

「大西先生とは、父の代からのおつき合いです。うちから、刀剣や鎧《よろい》、それに、弓なども納めさせていただきました」

「一番最近では、いつですか？」

「たしか昨年の三月の初め頃、だったと思います」

「それが最後ですか?」

「ええ、最近は、それだけです。前は父と一緒に、ご注文の日本刀や槍などを持って、一カ月に三、四度は、あのお屋敷に参上したのですが、その後は、趣味が、変わられてしまったみたいで、昨年の三月以来お会いしていません」

「趣味が変わったというのは、どういうことですか?」

「以前、大西先生の収集は、刀や槍、鎧といったものがほとんどでしたから、ウチで、たまたま見つけたような優れた刀や鎧などを、よく納めに伺ったのです。それが最近、刀や槍ではなくて、火縄銃に凝っていらっしゃったんですよ。残念ながら、私どもの店では、火縄銃は、扱っていませんので、自然に、先生のお屋敷に伺うことも少なくなっていきました」

「どうして、大西さんの趣味が、刀や槍などから、火縄銃に変わってしまったのでしょうか? その理由を、お聞きになっていらっしゃいますか?」

「理由はお聞きしていないので、私にもよく分かりませんけど、火縄銃というのは、刀や槍などといったものよりも、現存している数が少ないのです。ですから、収集が、難しいのですが、火縄銃の収集家にいわせると、だからこそ楽しいんだそうです。もしかすると、先生も同じ理由で、火縄銃に興味を持たれるようになったのではありませんか? 数が少ないし、いいものも少ない。そんな中で、優れた火縄銃を発見する。そういうことが、大西先生が火縄銃に凝った理由だと思いますね。ただ、これは、私の勝手な想像ですから、間違っているかもしれませんが」

その後も、いろいろと話を聞いたが、特にこれといった収穫もないまま、帰ってもらうことになった。

十津川が、

「火縄銃か」

と、つぶやいた。

「凶器が火縄銃だとすると、捜査は、難しいことになるかもしれないな」

「どうしてですか?」

そばで聞いていた亀井《かめい》がきき返す。

「犯人が、拳銃やナイフ、あるいは、短刀などを隠し持って、被害者の家にやって来て、いきなり、ナイフや、拳銃を取り出して、相手を殺す。そういうことは、十分に想像できるのだが、火縄銃となると、そうはいかない。何しろ、火縄銃というのは、かなり大きいからね。ポケットに隠し持っていくなんてことは、できそうもない。だから、鞄《かばん》か袋に入れて、持っていかなくてはいけない。取り出して弾を込め、火縄に、火をつける。これは、時間がかかりすぎるよ。犯人は、そんなことまでして、大西大臣を殺したのかね? 私が犯人なら、重たい火縄銃を、わざわざ、持っていったりはしないよ。凶器として、使うとすれば、ナイフか拳銃だよ。そのほうが簡単に殺せる」

と、十津川が、いった。

「たしかに、重い火縄銃を担いで持っていって、殺人を実行する犯人というのは、想像しにくいですね」

と、亀井も、同意した。

8

ところが十津川が、その日帰宅して、夕刊に目を通している時、ある記事を目にしたのだった。

それは、こんな記事だった。

「場所は岩手県の久慈市に近い小さな漁村、K村。二年前の地震と津波で、何人もの村の人たちが亡くなったり、行方不明になっている。

そのK村の全員が、高台に建てられた仮設住宅に住むようになったのだが、昨日、その仮設住宅が、空き巣に狙われた。

数人の被害者が出ただけではなくて、仮設住宅の見回りに来ていた村長が、犯人に、殺されてしまった。被害者たちの証言では、金目の物は、何一つ、取られていないという。それなのに、村長は刺殺されてしまった。この仮設住宅は、去年の秋の彼岸の時にも、空き巣に入られて、一人暮らしの老人が、火縄銃を盗まれたことがあったという。地震、津波に続く、盗難殺人事件に見舞われているが、それでも村民たちは、力強く生き抜こうとしている」

そして、盗まれたと思われるものが、並べて書いてあった。盗まれた物は、現金をのぞけば、それほど高価なものではないという。また、村人の一人が、大事に持っていた、先祖代々、家に伝わっていた火縄銃があり、それは去年、盗まれたはずだったのに、今回、戻ってきたと、持ち主の老人が喜んでいるという記事も、載っていた。

なんとも、とりとめのない話なのだが、村長が殺されたとあって、村人は気味悪がっていると、書いてあった。

十津川は、その記事が気になって仕方がなかった。自分たちが、追っている高木義之は、久慈市出身であることは、分かっていた。

もちろん、これは、単なる偶然の一致かもしれない。

しかし、三陸の漁村で盗まれた火縄銃が、東京の殺人のために使われた可能性は低いとはいえ、ゼロということもない。考えられないことではないのである。

このまま見逃すことができなくて、翌日、十津川は、亀井に相談した。

「カメさん、この新聞記事を読んでみてくれないか？　感想を聞かせてほしいんだ」

亀井は、その夕刊の記事に、ゆっくりと目を通してから、

「たしかに、これを読むと、どうしても、警部の考えに同調したくなってきますね。犯人が、その三陸の村の家から、先祖代々伝わっている家宝の火縄銃を盗み出し、それを使って、東京で大西大臣に近づき、殺した。面白い推理じゃありませんか？　ひょっとすると、その推理、的中しているかもしれませんよ。問題は盗まれた日時ですね」

十津川と亀井が思案しているちょうどその時、警視庁の鑑識課から連絡が入った。久慈警察署の捜査本部から照会のあった指紋が、高木義之の指紋と一致したというのだ。

第四章　家宝の火縄銃

1

十津川と亀井は、指紋の該当者が見つかったという報告を持って、久慈署捜査本部の、中村警部を訪ねた。

二人は、中村に会うなり、十津川警部が、持参した、一人の男の顔写真を見せた。

「そちらから、照会のあった指紋ですが、前科者カードを、チェックしたところ、該当者が見つかりましてね。この男の、指紋が合致したのです」

「どんな男ですか？」

「名前は、高木義之、三十五歳で、前科一犯です。現在は、殺人事件の重要参考人として、われわれは、彼の行方を、追っています」

「つまり、刑務所から、出所していて、最近になって、殺人の容疑者に、なっているわけですか？」

「今のところ、決め手となるような証拠は、ありませんが、多くの人間が、高木義之の犯行だと、見ています。実は、この高木義之ですが、この久慈市の、生まれなんです。地元の高校を出た後、東京のS大に、進学しています。その後、小さな会社に就職し、結婚も決まっていたようですが、どういう理由か、取引先の社員を殺してしまい、六年間服役、刑務所を、出てきてからは、しばらくは、大人しくしていたのですが、去年の暮れに、大西正彦農林水産大臣が殺された事件の容疑者になっています」

「そのニュースなら、知っています」

中村が、応じた。

「それも、愛人のマンションで、大臣は殺されたんですが、女も殺されています」

「その犯人が、この高木という、男なんですか？」

「今も申し上げたように、彼の犯行だというはっきりした証拠は見つかっていませんが、部屋から彼の指紋が、発見されているんです。高木義之が、何者かに大金をもらって、殺しを引き受けたに違いないと、われわれは、見ています」

「それで、高木という男の行方は、つかんで、いるんですか？」

「それが、全く分からず、壁にぶつかっている時に、こちらからの、照会があり、高木義之の指紋が見つかったというので、急いで、飛んできたのです」

と、十津川が、いった。

「しかし、今の十津川さんの話では、この男は、大金を、もらって、大西大臣を、殺したんでしょう？　そんな男が、どうして、K村などという、過疎の村の、それも、仮設住宅の家を荒らしたりしたんでしょうか？　金が目当てなら、被災地など、狙わなかったと思いますね。その辺が、どうにも、理解できないのですが」

中村が、いう。

「おっしゃる通り、私にも、その点が、不思議です。ただ、この男は、久慈市の、生まれです。たしか、K村は、久慈市の近くでは、ありませんか？」

「北リアス線に乗れば、十分くらいで、着きます」

と、中村が、いう。

「だとすれば、自分の故郷の近くなので、仕事が、やりやすいと、思ったんじゃないですか」

「なるほど」

「ところで、盗難事件というのは、今回が初めてではないそうですね」

「ええ。この村の小杉という助役の話では、去年、秋のお彼岸の時に、仮設住宅に空き巣が入ったことがあったそうです。この村の戸山という旧家の老人が、火縄銃を、盗まれたと言い張ったそうですが、何分《なにぶん》にも、八十五歳という高齢なものですから、その証言も、どこまで真実なのか、見分けがつかなかったそうです」

「火縄銃ですか？」

「ええ、先祖代々、家にあった火縄銃を、大事にしていたそうで、子々孫々まで、家宝として受け継いでいくようにと、伝えられていて、津波が押し寄せてきた時も、取る物もとりあえず、火縄銃だけを抱えて、高台に避難したというんです。それが、村の皆がお墓参りで、留守にしていた日に、その大事な家宝が盗まれたと言っているのですが、真偽のほどは分からんのですよ」

と、中村警部は、いった。

「とりあえず、今回、空き巣に入られ、高木の指紋があったという、仮設住宅の人たちに会わせて下さい。その後、去年、火縄銃を盗まれた戸山という老人にも、会わせていただけませんか」

「分かりました。それなら、明日にでも、ご案内しますよ」

と、中村が、いった。

2

翌日、十津川と亀井は、久慈駅から、北リアス線に乗って、問題の漁村に着いた。

K村は、小さな村だが、かなり裕福な漁村で、海岸には、水産加工工場や村役場、学校、土産物店などがあったのだが、今回の地震で壊滅してしまい、村人は全員、高台に造られた仮設住宅に引っ越して暮らしていた。

先日、その仮設住宅に、泥棒が入り殺人事件が起こった。

十津川たちが、高台にある仮設住宅の中で、最初に足を運んだのは、村役場だった。村長が殺されたので、今は、小杉という助役が、村長代理を務めていた。

仮設住宅は、全部で、八十六軒あり、そのうちの二軒が、臨時の村役場として使われている。残りの八十四軒の仮設のうちの四軒が、空き巣に、狙われたのだが、その四軒は、一カ所に、固まっているのではなく、バラバラだった。

「ウチの村の者は、地震と津波で痛めつけられました。死者も行方不明者もたくさん出ていて、行方不明者については、今も探しています。こうして、高台に仮設住宅を造って、残った村人全員が、ここで生活するようになったのですが、その仮設住宅に、空き巣が、入ったんですからね。その上、磯村村長は、殺されてしまいました。何で、こんなひどいことを、するのか、犯人に対して、私は、腹が立って、仕方がないんですよ」

と、村長代理が、いった。

十津川たちは、早速、被害に遭ったという村人を、聴取することにした。被害者の一人は、この村に、江戸時代から伝えられた魚の取引に関する古文書を、盗まれたという、小島新吉《こじましんきち》、六十歳である。

昔から伝わっていた壺《つぼ》が二つ盗まれたというのは、鈴木《すずき》夫妻で、北リアス線の模型を、持っていかれたという、若者もいた。

そのほか、現金十万円を、盗まれたというのは、斉藤文子《さいとうふみこ》、四十歳と、由香里《ゆかり》、十二歳の親子である。

今のところ、十津川に、分かっているのは、この仮設住宅の中で殺されたのが、村長の磯村で、発見された指紋から、村長を、殺したのは、高木義之、三十五歳の可能性が、強くなっていることだった。

ただ、その犯人と思われる高木義之が、どうして、このK村、それも、仮設にやってきたのか？

考えられるとしたら、このK村が、高木義之が、生まれ育った、久慈に近いことだった。

分からないのは、高木義之が、なぜ、K村の磯村村長を、殺したのかということである。

仮設住宅で、盗みを働いている時に、たまたま、村長に見つかってしまったので、とっさに殺してしまったのか？　それとも、最初からK村の村長を、殺すつもりで、この村にやってきたのか？　それも、ハッキリしないのである。

十津川と亀井が、最初に会ったのは、現金十万円、正確には九万二千円を盗まれたという斉藤文子、由香里の親子である。

「現金を盗まれたそうですね？」

十津川が、きくと、

「県からの、見舞金の残りと、そのほか、いろいろと節約して貯めた、お金なんですよ。十万円近くの現金を缶に入れて、テレビの裏に置いておいたんですけど、まんまと、盗られてしまいました」

四十歳の斉藤文子が、悔しそうに、いった。

「こちらの村では、前にも、こんなことがあったのですか？」

亀井が、きいた。

「震災前のこのK村では一度もありませんよ。だから、余計に、悔しいんです」

と、斉藤文子が、いう。本当に悔しそうだ。

十津川は、念のために、高木義之の顔写真を、見せたが、文子は、あっさりと、首を横に振って、

「見たことのない顔です」

と、答えた。

次に会ったのは、江戸時代の、魚の取引を記録した古文書を盗まれたという小島新吉という、六十歳の村人である。

この小島新吉は、地震と津波で、五十二歳の妻を失い、今は、五歳になる孫と、二人で、生活しているという。

十津川の質問に、小島新吉は、はっきりと答えてくれた。

「このK村は、江戸時代から、漁業が盛んでした。そして、魚を獲ってきては、村の真ん中にあった、小さな市場で、魚の取引をしていたんです。ウチの先祖は、その、取引の内容を、きちんと書き留めて、後世に、残していました。今回の震災の前には、江戸時代の取引の帳面が、百冊以上残っていたんですが、今度のあの津波で、ほとんどが、流されてしまって、十冊だけ奇跡的に、手元に残っていました。仮設住宅では、保存が大変なので、県や村が、もし、欲しいといえば、差し上げるつもりでいたんですよ。それなのに、空き巣が入って、盗まれてしまうなんて、何とも、いいようがありません」

と、小島新吉は、嘆き、

「しかし、それにしても、この小さな村の魚の取引だけを、書いた、古ぼけた帳面ですよ。たしかに、貴重な、資料だとは思いますが、高く売れるようなものじゃありませんよ。犯人は、そんなものを、盗んで、いったい、どうするつもりなんですかね？」

「前に、誰かに、その古文書というか、帳面が、欲しいといわれたことは、ありませんか？」

「以前、小学校の、校長さんが、これは村の貴重な、歴史だから、図書館で、保存したほうがいいと、いってくれたことが、あったのですが、今度の地震と津波で、その話も、消えてしまいました」

と、小島新吉が、いった。

この小島新吉にも、十津川は、高木義之の顔写真を見せた。

が、小島新吉も、一度も見たことのない顔だと否定した。

3

三番目に会ったのは、壺を二つ盗まれたという鈴木正男《まさお》、六十三歳と、妻のたき、六十一歳の、夫婦である。

「二つとも、昔からずっと、ウチにあった壺なんですよ」

「値打ちのあるものなんですか？」

「いや、高いもんじゃありませんよ。というよりも、安物です」

鈴木正男が、笑い、妻のたきも、

「家が津波で流される前から、漬物を漬けるのに、使っていましたよ。だから、そんなに高いものじゃないんです。それが、今度の津波で、なぜか、その壺二つだけが、壊れもせずに見つかったんです。それで、まあ、縁起がいい壺だと思って、前のように漬物を、漬けていたんですけど、どうして、あんなものを、盗んでいったのか、分かりませんよ」

「以前、古物商や、焼き物に、詳しい人に、値打ちのあるものだというようなことを、いわれたことはありませんか？」

念のために、十津川が、きいたが、鈴木夫妻は、揃《そろ》って首を横に振って、

「そんなことは、全く、ありませんよ。本当に安物なんですよ」

と、繰り返した。

この鈴木夫妻にも、十津川は、高木義之の顔写真を、見せたが、鈴木夫妻も、小島新吉たちと同じように、

「全く知りませんね。一度も見たことのない顔ですよ」

と、否定した。

四人目は、北リアス線の鉄道模型を盗まれたという岩本健一《いわもとけんいち》という、二十八歳の若い男である。

彼は、できたら、三陸鉄道で、働きたいという。

「子供の頃から、ジオラマが好きで、自分で、HOゲージの大きさの鉄道模型を作って

は、それを走らせて喜んでいました。仕事は、漁師です。両親も、漁師でした。オヤジからは、子供みたいに、オモチャを作って、喜んでいるが、将来どうするんだと、よく、怒られていましたが、それでも、時間があると、列車、特に、僕は、東北地方を走る列車が、好きなんで、その模型を作って楽しんでいたんです。いつか、大きなジオラマを、作って、その模型を走らせるつもりだったんですが、あの地震と、津波で、全てが、ダメになりました。両親も、死にました。ただ一台だけ、北リアス線の列車の模型が、残りましてね。それを、棚の上に載せて、毎日見ていたんですが、どういうわけか、それが、盗まれて、しまったんですよ。自分でも、よくできた模型だと、思って、気に入っていたんですが、あれを盗んだ犯人も、もしかすると、僕と同じような、鉄道模型のファンかもしれませんね」

と、岩本が、いった。

被害者たちの話を、いろいろと聞いているうちに、十津川も亀井も、だんだん、辛《つら》くなっていった。盗まれたものというよりも、彼らを襲った地震と津波の被害、それも、精神的な被害が、大きかったことが、よく分かったからである。

それでも、十津川は、この岩本健一にも、高木義之の、顔写真を見せた。

答えは同じだった。

見たこともない、知らない男だというのである。

盗難に遭った誰もが、高木義之を見たことがないということで、捜査の進展はなかった。去年の暮れ、東京で殺人事件を引き起こした高木は、なぜ、この村の、家財さえ揃っていない、質素な生活を送る、仮設住宅に盗みに入ったのだろうか。もしかすると、高木には、なにか、別の意図があったのかもしれないと、十津川は、思った。

最後に、十津川と亀井は、去年の彼岸の時に、火縄銃を盗まれたという、戸山久一郎という八十五歳の老人に、会ってみることにした。

「昨日もお願いしましたが、盗難に遭った被害者のうち、大事にしていた、火縄銃を盗まれた人にお会いして、お話をお聞きしたいのですが」

十津川が、いうと、同行してくれた県警の刑事と村長代理が、すぐ二人を、その被害者の住む、仮設に案内してくれた。

その時、村長代理が、十津川の耳元で、

「被害者は、戸山久一郎さんという、かなりの、高齢の方なんですが、少しばかり認知症にかかっていると、医者がいっています。大震災で津波に襲われ、息子夫婦が犠牲になり、戸山さんだけ、生き残ったんです。そのショックが大きかったようです。答えに、ちぐはぐな点があるかもしれませんので、そのつもりで話を聞いてください」

と、ささやいた。

仮設住宅にいたのは、一人暮らしの老人だった。

十津川と亀井は、畳の部屋に座り込んで、話を聞くことに、なった。

「去年の秋、こちらのお宅では、先祖代々伝えられてきた大事な火縄銃を、盗まれてしまったそうですね？」

十津川が、きいた。

「そうなんですよ。ずっと漁師をやって来ましたから、死ぬまで、漁師をやめる気はありません。だから、この村からも離れたくはないし、先祖代々、伝わってきたお宝の火縄銃を、これからも、しっかり守っていこうと、思っていたんですよ。そうしたら、去年、誰かに盗まれてしまいました。いったい、どんなヤツが盗んだのか、許せないと思っていたんですが、今回の空き巣騒動で、また何か盗まれたかと押し入れを調べてみたら、なんと、盗まれたはずの、火縄銃があったんです。なんとも、摩訶不思議《まかふしぎ》なことだな」

老人が、興奮気味にしゃべる。

戸山久一郎の話によると、戊辰《ぼしん》戦争の頃、この村の近くを、官軍に敗れた、会津藩の侍たちが、青森に向かって、逃げていった。どの侍も傷ついていて、中には、この近くでこと切れてしまった者もいたという。

そうした侍のうちの一人が、戸山久一郎の家で、休憩を取った。その時に、戸山の先祖が篤《あつ》くもてなしたところ、侍が、感激して、自分の持っていた、会津藩伝来の火縄銃を置いていったというのである。

以来、この火縄銃は、戸山家の宝になったと、老人が、いった。

どうやら、会津戦争の頃に、この火縄銃を手に入れたことは、たしからしい。

「火縄銃は、本当に、去年の秋に、盗まれたのですね？」

十津川が、きくと、急に、相手は、黙ってしまった。正確な日時を思い出せないらしい。

その後、十津川が、細かいことをきいていくと、老人の答えは、ますます、覚束《おぼつか》なくなった。どうやら、そういう細かいことは苦手らしい。

更に確認すると、去年秋に盗まれたのかどうかも覚えていない時がある。

十津川は、今回の盗難事件について、詳しい話を確認するうち、次第に、戸山久一郎の話が曖昧に、なっていき、話の辻褄《つじつま》が、合わなくなっていくことに頭をかかえた。去年、盗まれたはずの火縄銃が、今回の空き巣騒動で、部屋を調べてみたら、押し入れから、見つかったというのだ。

そもそも、火縄銃を、本当に盗まれたのかということさえ、はっきりしなくなってきた。

戸山久一郎が、問題の火縄銃が、家の宝だといわれていて、地震と津波の時に、その火縄銃を抱えて、高台に逃げたというのは、どうやら本当らしい。仮設住宅に、入った頃、戸山久一郎の家で、その火縄銃を、見たという村人の証言が、あるからである。

しかし、磯村村長が、殺された日に、村民たちの住む仮設の中で、盗難事件が、発生して、壺を盗まれたり、現金を、盗られた家が出てきて、この八十五歳の老人は、どうやら、その時に、自分の家の宝であり、以前、盗まれた火縄銃が、自宅に戻ってきたと、思い込んで、いるらしいのである。繰り返し聞く中に、火縄銃がなくなったのは、去年の彼岸かどうかは定かでないが、秋ではあるらしい。だが、この盗まれた火縄銃が、今回、押し入れにあったという理由は全く分からない。

十津川は、この八十五歳の老人にも、高木の顔写真を、見せたが、老人は、関心の無さそうな顔で、

「知りませんなあ。こんな顔の人に、知り合いはいませんよ」

と、いった。

4

十津川は、話を変えてみることにした。

「どんな、火縄銃だったのか、見せてください。お手元に現物はありませんか？　あれば見せていただきたいのですが」

「ああ、現物ならありますよ」

相手は、急に、元気がよくなって、細長い桐箱を、大事そうに押し入れから出してきた。

十津川は、見つかったというその火縄銃を、老人に見せてもらった。古めかしい桐箱の蓋《ふた》を開けると、一挺《ちょう》の火縄銃が姿を現した。いかにも、年代物と思わせる、古色蒼然《こしょくそうぜん》とした銃だった。貴重な銃であることは、古代銃の素人《しろうと》である、十津川の目にも、明らかだった。

「この火縄銃ですが、お借りしてもいいでしょうか？」

「もちろん、構いませんよ。できれば、東京の偉い、鑑定家に頼んで、どの程度の価値のある火縄銃なのかを、調べてもらえませんかね？　高価な物だったら、売却して、先祖や息子たちのお墓を造って、供養してやりたいと、思っているんです」

「もちろん、すぐ調べますよ」

十津川は、約束した。

「火縄銃の由緒などを、詳しく説明できるのですから、あの老人は、ボケてはいないんじゃ、ありませんか？」

と、亀井は、いった。

「そうともいえないよ。認知症というのは、昔のことは、鮮明に覚えているが、最近の出来事は、すぐ忘れてしまうと、いわれているからね。火縄銃が、本当に、盗まれていたのか、押し入れにしまったまま、盗まれたと勘違いしていたのか、どっちとも、判定できないのが、残念だよ」

十津川と亀井が、仮設に住むK村の人たちに、話を聞いている間にも、時々、テレビの中継車と、鉢合わせをした。

そのテレビ局のアナウンサーから、十津川は、質問を、ぶつけられた。二つのテレビ局が、やって来たのだが、どちらも、質問は、同じだった。

「K村の村長が、殺されたことと、例の幻の携帯電話とは、何か関係があると、思われますか？」

という質問である。

もちろん、十津川にも、質問の意味は、よく、分かった。

東京で、サラリーマンをしていた近藤という男の恋人である渚という女性が、実家の仕事を、手伝うために、生まれ故郷のK村に帰っていたのだが、今度の、東日本大震災の地震と津波で、行方不明に、なってしまった。その行方不明になった恋人を、近藤が案じていたところ、彼の携帯電話に、毎夜午前零時過ぎに、恋人の渚と思われる女性から、電話がかかってくるようになったというのである。

その話は、十津川も、亀井も知っていたから、テレビ局の、アナウンサーの質問の意味は、すぐに、分かった。

もちろん、十津川には、その話と、今度の村長殺しが、関係あるかどうかは、全く、分からない。だから、

「関係があるかどうかは、今のところ、全く分かりません」

と答えるよりほかに、なかった。

正直なところ、十津川は、関係はあるまいと思っているのだが、翌日、久慈警察署で行われた、県警の捜査会議に、十津川と亀井が出席すると、県警の本部長が、その問題を、会議に出した。

「実は、昨日、知事から、この問題を、きかれたんだよ。知事も、先日、東京で行われた知事会議に、出席していて、ほかの知事から質問されたらしい」

と、本部長が、いった。

多数の目が、自然に十津川に向けられた。

「問題の男性、近藤康夫は、現在、住居を、岩手県のK村に移していますが、その前は、東京の人間でした。それで、十津川さんに、おききしたいのだが、警視庁でも、この件と、今回の殺人事件との関係を問題にしているんでしょうか？」

本部長が、きいた。

「近藤康夫が、震災で、行方不明になってしまった恋人を、探しているという話は、新

聞や雑誌、テレビなどでも、しばしば取り上げていますので、警視庁の人間の中には、個人的に、関心をもっている者も、おります。しかし、そのことと、今回の殺人事件とを、結びつけて考える人間はいないと、思いますね。ただ、これが第三者の悪戯《いたずら》だとしたら、悪質だといえます。近藤さんの携帯番号が、どこから漏れたのか。また、近藤さんと渚さんが、恋仲だったことを、なぜ知っているのか、など、疑問に思っている部下も、いることは確かです」

と、十津川が、答えた。

「昨日の記者会見でも、二人の記者から、関係があると思うかと、しつこくきかれました。つまり、それだけ、世間の関心が、強いんですよ。だから、記者たちも質問してくるのだろうと、思いますが、十津川さんは、その点を、どう考えますか？」

本部長が、しつこく、きく。

「それは、世間が、関心を持っているというよりも、関係があれば、面白いという、記者根性から出た質問だと、思いますね。ただ、関係があると、考えてしまうと、捜査が、複雑なものになってしまう、恐れがあるので、今は、関係がないと考えて、殺人事件の捜査を進めていったほうがいいと思います」

と、十津川が、いった。

本部長も、それで、近藤康夫の件は、棚上げにして、

「それなら、村長の殺人事件に、絞って考えることにしましょう」

と、十津川にいい、次に、部下の刑事たちに向かって、

「今回、初めのうちは、K村の、仮設住宅に入った泥棒が、村長に見つかったため、殺して、逃亡したと考えていたが、警視庁の十津川警部の説明で、現場に残っていた指紋が、警視庁が、追っている高木義之の指紋と、一致することが分かって、事件が一挙に、広がった。そこでまず、この点について、警視庁の十津川警部から、説明をしていただこうと思う」

と、本部長が、いった。

十津川は、高木義之の顔写真を、県警の刑事たちに配ってから、

「この男は、大西正彦農林水産大臣を殺した容疑者です」

と、いった。

「去年の暮れ、東京で、大西大臣と愛人が、殺されたことは、大きく報道されましたので、皆さんも、すでに、ご存じだ、と思います。当初、捜査は難航し、犯人の見当も、つかなかったのですが、ようやく現場から、一つだけ指紋が、採取出来ました。それで前科者リストを、照合してみましたところ、高木義之の指紋と合致しました。しかし、高木は姿をくらましていて、最近まで、消息が摑めなかったのです。ところが、この久慈市の近くのK村で、殺人事件があり、中村警部から、私どもの警視庁に、現場に残さ

れた指紋の問い合わせがあったため、調べました。すると、私たちが必死になって探している、高木義之のものと、判明したのです。

大西大臣殺しも、K村の村長殺しも、高木の犯行だと、考えられます。ただ、動機がよく分からないのです。しかし三人も殺した凶悪犯の容疑者となると、一刻も早く、拘束しなければなりません。岩手県警の皆さんの、ご協力をお願いします」

まだ犯人は捕まっていないし、どんな性格の人間かも分かっていない。その後、県警の話を聞いてから、十津川と亀井は、火縄銃を携えて、東京に戻った。

5

東京に戻って、十津川が最初にやったことは、銃、特に火縄銃の研究を、専門にやっている人間に会って、持ち帰った火縄銃を見せることだった。

「この火縄銃ですが、これが、どの程度の、価値のあるものかを、教えていただきたいのです」

と、十津川が、いった。

銃の専門家は、じっと、一挺の火縄銃を見ていたが、

「一千万」

と、ポツリと、いった。

「一千万円ですか？」

「ええ、そうですよ。安く見積もっても一挺一千万円の値打ちはある、ひじょうに、貴重な火縄銃です。よくこんなものを、見つけてきましたね。驚きました」

と、相手が、いった。

「しかし、火縄銃というと、普通は、せいぜい二、三百万円ぐらいのものでしょう？　そう聞いています。それなのに、どうして、この火縄銃は、一千万円もするんですか？」

「これは間違いなく、三代将軍の徳川家光が愛用していた、火縄銃ではないかと思いますね。葵《あおい》の紋もきれいに出ていますしね。今、これと同じ型式の火縄銃は、私の知っている限り、日本には、たしか、三挺しか残っていないはずです。それだけ貴重なものと、いえるんです。だから、マニアは必死になって、この型式の、火縄銃を探していますが、なかなか、出てきません。私だって、できれば、欲しいくらいです。それで、この火縄銃の値打ちは、一千万円だと申し上げたのです」

「そうすると、火縄銃のマニアといわれる人なら、皆さん、この銃のことを知っている。そして、これを、欲しがっている。そう考えていいのですか？」

「その通りです。今、一挺一千万円といいましたけど、もし、この火縄銃がオークションに出されたら、一千五百万円、いや、もしかすると二千万円ぐらいまで、値が上がってしまうのではありませんかね。それぐらいに貴重で、誰もが手に入れたいと思っている、火縄銃ですよ、これは」

火縄銃の専門家は、力を込めていった。

「もう一つ、お伺いしたいのですが、この火縄銃は、実際に実弾を込めて、撃つことが、できるでしょうか？」

と、十津川が、きいた。

「持ち主は、撃ったことがあるといっているんですか？」

「われわれが、聞いたところでは、この火縄銃は大事にしまっていて撃ったことはないといっています」

「なるほど」

と、相手は、笑ってから、

「十中八九、射撃可能だと思いますよ」

「どうして、そう、いえるのですか？」

「火縄銃というのは、現在の銃に比べて、ひじょうに構造が、簡単にできているんです。弾丸といっても、鉛を溶かして丸く固めただけのものですからね。火薬をまず入れ、その上に、鉛の塊を入れる。そして、火縄に火をつける。銃の根元のところで、最初に入れた火薬が、爆発して、鉛の塊を押し出す。それだけのことですからね。この火縄銃を見る限り、壊れたところは、ないようですから、今でも、ちゃんと、撃つことができると思いますよ。ただ、この火縄銃に、試し撃ちされた痕跡は、見当たりませんよ。武器というよりは、貴重な美術品ですから、大事になさっているでしょうし」

その日の、捜査会議で、十津川は、この殺人事件の殺しの方法について、自分の考えを説明した。

「まず、被害者の大西大臣について調べました。大変な金持ちで、お城のような豪華な屋敷に、住んでいました。当時は独身ですが、三回結婚をしており、そして、三回離婚しています。昔の武具、槍、刀、鎧、銃などの収集家として知られていますが、その一方で、女性に対して、だらしがないことでも知られていました。過去三度結婚していながら、三度別れたのも、大臣のほうに原因があるというのが、もっぱらのウワサですが、調べてみると、どうやら、単なるウワサではなく、実際、彼のほうに非があるのは、間違いないようです。彼が殺された理由ですが、それも彼の女性関係にあると考えます。女性関係にだらしがない。女好きということですが、更に困ったことに、大西の場合、彼の関心は、人妻、あるいは、婚約中の女性、決まった相手のいる女性に手を出すことにありました。彼の友人は、女性関係のゴタゴタで、いずれ彼がひどい目にあうのではないかと心配していたそうです。ですから、今回の殺人の動機は、女性関係のもつれにあるのではないかと、考えています。そこで、殺された橋本ゆう子の夫である、橋本健二に、重要参考人として、話を聞こうとしました。彼は六本木で、高級クラブを経営しており、それなりに、成功していたそうです。嫉妬心の強い男で、いつも、妻が浮気をしているのではないかと、疑っていたようです。妻のゆう子は、三十五歳ですが、美人で二十代前半といってもいいほど、若々しい容貌《ようぼう》をしていて、派手好みで、奔放《ほんぽう》な性格だったと、いわれています。クラブに遊びに来た大西大臣と、意気投合し、同棲するようになり、夫の健二が二人を憎んでいたことは、間違いありません。私たちは、健二を訪ね、話を聞いたのですが、彼には、二人の殺害時刻にアリバイがありました。また、高木義之との接点も、全く見つかりませんでした」

「重要参考人が、いなくなってしまったわけか？」

本部長の三上《みかみ》が問いかけた。

「そうです。捜査は行き詰まってしまいました。ですが、ようやく、高木の指紋が発見されて、実行犯の存在が、浮かび上がってきたのです」

「ようやく実行犯が、特定できたか」

「もう一つ、大西大臣の自宅と女のマンションを調べた結果、彼の変わった生活も分かりました」

「いったい、どんなところが変わっているのかね？」

「自宅のほうですが、夕食までは、五、六人の使用人が屋敷の中にいて、彼の身の回りの世話をしているのですが、夕食が終わると、全ての使用人を、帰してしまうのです。その理由について、大臣は、友人に、こう説明しています。せっかく自分で作った城なんだから、使用人に、ウロチョロされるのがイヤなんだ。一人で悠々と、風呂に入ってから、ゆっくりと寛《くつろ》ぐ。そして、今までに集めた刀や槍などの武具を愛《め》でながら眠るのがいちばんいい。そう、いっていたそうです」

「しかし、それでは不用心なんじゃないのかね？」

「一見、不用心に思えますが、私は、この屋敷を訪ねていった時、そうではないことが分かりました」

「どういうことかね？」

「大西は、都内最大の警備保障会社と契約していて、屋敷の周辺には、赤外線カメラが、何台も設置されています。もし誰かが、屋敷の中に忍び込もうとしても、間違いなく、この赤外線の網にかかってしまいます。それから、屋敷の出入り口は、完全に閉じられていて、中から、大臣が操作しなければ、入ることはできません。また、大臣は、剣道三段で、居合いもやります。その上、自分が収集した武具、例えば、槍とか日本刀などは全て、今でも使えるように手入れがされていますから、万一、泥棒が忍び込んできたとしても、逆に殺されてしまうでしょう。もし犯人が大臣を狙うとしたら、大臣の自宅より、女のマンションにいるところを狙うでしょう。ところが、そのマンションのほうも警備が厳重です」

「しかし、大西大臣は、女のマンションで、殺されてしまったじゃないか？」

「おっしゃる通りです。事件の日、犯人は、夜になってから悠々と、女と一緒にマンションにいた大西大臣を銃で撃って、簡単に、殺しているのです」

　と、十津川はいい、続けて、

「今回の事件では、小さな謎が、沢山あって、面くらいました。今、本部長が指摘された問題もその一つです。しかし、逆に小さな幸運にめぐまれたこともあります。最初、現場に行くと、明らかに、犯人が、指紋を消して逃げ去った形跡がありました。それで、犯人の指紋は見つからないと覚悟していたのですが、犯人が、小さなミスを犯してくれました。

　それは、こんな具合です。犯人は、大西大臣と女を殺したあと、自分の指紋を全て拭きとって、ゆうゆうと、逃げ去りました。ところが、マンションの部屋を出る時、なぜか、玄関の灯《あか》りを消しているのです。たぶん、これは、犯人の生活習慣なのだと思います。外出する時、自宅玄関の灯りを消す習慣があって、反射的に、やってしまったのでしょう。犯人は、そのミスに気づかなかったのです。おかげで、われわれは、玄関のスイッチに、犯人の右手人差し指の指紋を見つけることが出来たのです。しかも前科のある高木義之の指紋でした」

「犯人は、女だと考えたこともあったんじゃないのかね？」

三上が皮肉をこめていった。

「高木義之の指紋が見つかるまで、犯人は女ではないかと考えたこともありました。用心深い大臣に近づくことが出来るのは、女ではないかと考えたからです。大臣は女好きで、いろいろな女性と関係を持ち、飽きたら冷たく、あしらっていたといいますから、恨んでいた女は、少なからずいたと、思われます。ところが、高木義之の指紋が、見つかったのです。それで、女性犯人説は、消えました。が、今度は、高木と大西大臣との関係が問題になりました」

「二人の関係は、当然、調べたんだろうね？」

「もちろん、調べました。特に、高木義之のほうをです。高木は、三十五歳。一年前に出所しているんですが、所在不明でした。高木の友人たちに会って話を聞いたんですが、不思議に彼を悪くいう者はいませんでした。高木は、学生時代から頭がよく、行動力もあるので、出世頭になるだろうと期待されていたというのです。芸術的才能もあった。ところが、彼の激しい性格が、全てをぶちこわしてしまったというのです。友人たちの指摘は正しいと思いましたね。一度、殺人事件を起こしていますが、それは、彼の正義感というか激しい気性のせいで、同情の余地があるのです。ただし、いくら調べても、大西大臣との接点は、見つかりませんでした。同時に殺された女との接点もです」

「他に、犯行の動機のある人間はいないのかね？」

と、三上が、きく。

「可能性として考えたのは、大西大臣が、昔の武具を収集していたこと、それも、資金に恵まれているので、気に入ったもの、欲しいと思ったものは、どんなに、ライバルがいようとも、金に飽かして、強引に手に入れてきたということです。そこで、私は、こう考えました。大西大臣が、何とかして、手に入れたいと考えていた武具を持っている人間がいて、それを見せたい。そして、見た上で、納得したら、購入してほしい。そういう話を犯人は、持ちかけたのではないかと考えたのです。そうなると、この銃が問題になってくるのです。この銃は、見て分かる通り、火縄銃です。専門家に確認したところ、大変珍しい貴重な火縄銃で、三代将軍の、徳川家光が愛用していたものらしいとのことでした。それが、会津藩主に下げ渡され、後に、家臣が貰い受けたようです。その火縄銃が、K村の旧家に、家宝として、保存されていたわけです。普通、どんなに、状態のいい火縄銃でも、せいぜい二、三百万円といったところですが、この火縄銃は、どんなに安くても、一挺一千万円はすると、専門家は、教えてくれました。今回の犯人は、この火縄銃を、いわば、囮《おとり》に使ったのです。そして、大西大臣は、その火縄銃を見たい、買いたいという、誘惑に負けました。そのため、事件当日の夜、女のマンションに持ってくるようにいい、ナイトガウン姿で、犯人を迎え入れたのです。犯人は、まんまと大西大臣に近づき、用意してきた銃で二人を撃ち殺したのです」

「君の話はよく分かった。が、君は、さっき、高木義之と橋本健二との接点が、見つからないといっていたが、それでは誰が、高木に殺人を依頼したのか、という疑問が残る」

と、三上本部長が、いった。

6

「もう一つ、私が疑問に、思っていることがある。被害者の大西大臣が、武具の収集家だったということは、私も、よく知っている。したがって、マニアなら、誰もが欲しがる、貴重な、火縄銃をエサにして、近づこうとしたことも、理解できる。しかしだね、犯人は、大臣と女の二人を撃ち殺しているんだろう？　つまり、犯人は、貴重な火縄銃を見せに行って、その銃で狙い撃って殺した。たしかに、大臣は、その火縄銃が欲しかったんだろう。しかし、そうはいっても、その銃で撃たれるようなことはしないだろう。もし、犯人が、その火縄銃を顔に向けたら、大臣は、それをかわして、日本刀で、犯人を斬り伏せてしまうのではないのかね？」

三上本部長は、続けて、

「第一、犯人が、問題の火縄銃に、弾を込めて、火縄に火をつけて、持っていったら、当然、大臣はもちろん、愛人だって、用心するんじゃないかね？」

「その通りです」

十津川は、逆らわずに、いった。

「それで、考えました」

「どう考えたのかね？」

「私が考えたのは、問題の火縄銃には、もちろん、弾を込めたりはせず、火縄に、火をつけたりもしていない。たぶん、桐の箱にでも入れて持っていき、大西大臣に見せたのではないかということです。被害者は、マニアですから、渡された火縄銃を見て、それが大変珍しいものだったので、おそらく、歓喜したに、違いありません。そして、眺めたり、引き金を引いてみたりしたのではないでしょうか？　その時、犯人は、もう一挺、こちらは拳銃だと思いますが、それを持っていて、問題の火縄銃に夢中になって見ている隙を狙って、大臣の左のこめかみを撃ち抜いたんです。続いて女も殺したのです」

「しかし、司法解剖の結果、大西と女の頭蓋骨の中から、見つかったのは、普通の銃弾ではなくて、丸い鉛の塊だったんだろう？　それは明らかに、火縄銃の弾丸なんじゃないのか？」

「たしかに、司法解剖の結果、被害者の頭蓋骨の中から見つかったのは、丸い鉛の、弾丸でした。潰れていたので、普通に考えれば、火縄銃から発射された、鉛の弾丸ということになってきます。しかし、私は、その時、犯人が持っていたのは、火縄銃ではなく、改造拳銃ではないかと思っているのです。改造拳銃でいちばん難しいのは、銃身と弾丸です。しかし、鉛の塊を、撃てるように改造するのは、比較的楽ではないかと、思うのですよ。普通の拳銃では、弾丸が、飛び出す時に線条痕がついて、回転しながら飛んでいきます。ところが、丸い鉛の弾丸を、ただ飛ばすだけでよければ、簡単な銃身で済んでしまいます。相手のこめかみに近づけて撃つわけですから、その至近距離なら、弾道が曲がったりすることもないと、思うのです。犯人はそうやって、改造拳銃を使って、大西大臣を殺し、女も殺したのではないでしょうか。そのあと、問題の火縄銃を持って、姿を消したのです。もう一つ、高木義之は、改造拳銃を作って、それを友人に見せ、自慢していたことがあるのも分かりました」

「なるほど。今の話なら納得がいく。そうなると、犯人が、その火縄銃を、どこで、手に入れたかだ。かなり高価なものだと、君は、いったね？」

と、三上が、きく。

「はい。先ほども申しましたが、専門家によれば、一挺一千万円はするということでした」

「その上、マニアなら、必ず欲しがる銃だそうじゃないか?」

「その通りです。そうでなければ、火縄銃をエサにして大西大臣に、近づくことはできません」

「それで、犯人は元々、その火縄銃を持っていたのかね? それとも、どこかで、盗んだのか、あるいは、買ったのかね?」

「犯人が盗んだものではないかと考えました」

「その理由は?」

「現実に、去年の秋頃、火縄銃を盗まれたと主張する人間がいるからです」

岩手県の小さな漁村で、村人たちが、地震と津波で家を失い、高台に造られた仮設住宅で暮らしている。そこに、泥棒が入って、村人の一人が、先祖代々守ってきた、火縄銃が盗まれたことがあると、十津川は、三上本部長に報告した。

「われわれが、調べたところ、東日本大震災の後で、中央テレビが『地震と津波の中で守ったもの』というタイトルの番組を、放送したことがあります。この番組は、地元の新聞でも詳しく紹介されました。その中で、岩手県のK村のことが取り上げられました。村人の多くは、地震と津波に追われるようにして、何も持たずに、体一つで、命からがら避難したのですが、それでも、家が、大事にしていたものを持って逃げた人も、何人かいました。その時に、火縄銃のことが、番組で取り上げられたのです。旧家の八十代の老人が、先祖代々、家に伝わる家宝の火縄銃を抱えて、命からがら、避難したそうです。その老人の息子夫婦は、港の魚市場で働いていて、津波にのみ込まれ、いまだに、行方不明です。いずれは、火縄銃を売って、津波で流されてしまったお墓の再建費用にしたいと、いっていたそうです。私たちが、老人から、火縄銃を預かって来た時も、同じようなことを、いっていました。ウソか本当か分かりませんが、何でも、戊辰戦争の頃、官軍に敗れた会津藩の侍が、その村を通過したことがあって、その時に、村人の一人が、篤くもてなした。侍は大変喜んで、藩主から賜《たまわ》った、火縄銃を置いていったというのです。この火縄銃にまつわる話が、番組で、紹介されています。おそらく、高木は、その番組を見ていたに、違いありません。K村は、高木の故郷の久慈市近郊にあり、土地勘がありますから、簡単に盗めると、思ったのでしょう。高木はその時、大西大臣に近づくために、この火縄銃が必要だと、考えたに違いないのです。もちろん、専門家の意見も、聞いたかもしれません。そして、盗みに入り、盗んだ火縄銃を使って、大西大臣に近づき、殺してしまったのです」

と、十津川が、いった。

「ちょっと、待て！」

と、三上が大きな声で、十津川を制して、

「君が、今回、岩手県のK村に行って、いろいろ調べてきたことは、分かっている。しかしだね、K村の仮設に盗みに入り、その犯人が、村長まで殺したのは、五日前だろう？　ところが、大西大臣と女が殺されたのは、去年の十二月二十日だよ。ぜんぜん、時間的に合わないじゃないか」

「その通りです。私も、今回は収穫なしかもしれないと思いながら、K村へ行きました。村人の中で、火縄銃を盗まれた老人に会って話を聞いているうちに、彼が、認知症ぎみなのが分かりました。特に、時間の記憶があやふやなのです。去年の秋、盗まれたはずの火縄銃が、今回、押し入れから見つかったというのです。老人は、自分の記憶では、去年盗まれて、がっかりして、一週間ほど、寝込んでしまったというのです。その様子を見ていた、村人もいるそうですから、あながち、老人がウソをついているとも、言えないのです。したがって、去年の十二月以前に、盗まれた可能性が高いのです。高木は、一年前に出所していますからね。ただ、去年、盗まれたはずの火縄銃が、今回戻っていたというのが、解《げ》せないのです」

と、十津川は、説明した。

7

「去年、火縄銃を盗んだ奴《やつ》が、今回、返しに来たというと、話が通じるな。高木は、老人が認知症なのを利用して、火縄銃を盗み、大西に近づく手段にした。犯行後、火縄銃をまた戻しておけば、高木が火縄銃を使って、大西に近づいた痕跡が消えるからな」

三上は、肯《うなず》いてくれたが、今度は、十津川が、

「本部長、実は、もう一つ気になることがあるんですが」

と、いい出した。

「どんなことかね？」

と、三上が、きく。

「この火縄銃があったK村という漁村で、今、一つの伝説が、生まれています。東京のサラリーマンと、この村の出身の女性が愛し合って、結婚する予定になっていたのですが、あの地震と津波のために、女性は、行方不明になってしまった。ところが、東京に住む恋人の携帯電話に、毎日夜半になると、決まって電話が、かかってきて、行方不明の女性の歌声が、携帯から、聞こえるというのです」

「その話なら、私も知っている」

と、三上本部長が、いった。

「そうですか、やはり、本部長もご存じでしたか」

「ああ、その話を聞いて、ウチの家内も感激して、泣いていたよ」

と、三上本部長にしては珍しく、柔らかな表情で、自分の家庭のことまで、口にした。

しかし、その後、三上は、普段の厳しい表情に戻って、

「たしかに、いい話だが、今回の殺人事件、あるいは、そのK村で起きたという盗難事件とは、何の関係もないだろう？」

と、いった。

「私も最初は、何の関係もないと思っていました。それで、この盗難に遭ったという火縄銃のことを、被害者に聞き、近藤と少し話をして、急いで、東京に、帰ってきてしまったのですが、今になってみると、どうも、気になって仕方がないのです。それに――」

「十津川君、ちょっと待ちたまえ」

三上本部長が、十津川の言葉を遮って、

「たしか、伝説の主人公になっている男は、近藤康夫という名前じゃなかったかね？」

「そうです」

「行方不明になっている女性のほうは、地元出身で、たしか、名前は藤井渚だろう？」

「その通りですが」

「君に確認するんだが、問題の火縄銃を、盗まれた村人は、近藤康夫か、あるいは、藤井渚と関係のある人物じゃないのか？」

「両方とも、違います」

「近藤康夫が、火縄銃のマニアで、火縄銃の収集を、趣味にしているということはないのかね？」

三上が、矢継ぎ早にきく。

「どちらでもありません」

「それじゃあ、行方不明になっている藤井渚という女性のほうは、どうなんだ？　火縄銃と、何か、関係があるんじゃないのか？」

「それもありません」

「それなら、二つの事件は、全く、関係ないじゃないか」

怒ったような口調で、三上本部長が、いった。

十津川が、黙っていると、

「ああ、そうか」

三上は、一人でうなずいて、

「高木とは別に、大西大臣を殺した犯人が、君は、その岩手県の、小さな村の中にいると、思っているのか？」

「違います。村人の中に犯人がいるとは、全く、思っておりません」

「いいかね」

三上本部長が、十津川に向かって、また大きな声を出した。

「大西大臣を殺した犯人は、岩手県の小さな漁村で、今回の地震と津波で、痛めつけられた、K村の村人たちが、住んでいる仮設住宅に忍び込んで、村人の一人が、先祖代々大切にしてきた火縄銃を、盗み出し、それをエサに使って、大西大臣に近づいて殺した。そうだね？」

「私は、そういう、ストーリーを考えています」

「そして、その犯人というのは、今、岩手県で生まれている伝説の主人公、近藤康夫ではないんだろう？」

「全く違います」

「行方不明になっている近藤の恋人、藤井渚の家も、火縄銃とは関係がないんだろう？」

「それも違います」

「それなら、火縄銃と殺人と愛の伝説とは、全く関係がないんだろう？ 今、君がやるべきことは、ただ、一つしかない。一刻も早く、大西大臣と女を殺した犯人を捕まえること、それだけだ。東北に行って、君が、愛の伝説に胸を痛めたとしても、あるいは、感動して、涙を流したとしても、君の勝手だ。ただ、その伝説に酔うのは、東京で起きた殺人事件を、解決してからにしてくれないかね」

三上が、いい、捜査会議は、終わってしまった。

8

十津川は、新しい捜査方針を決めた。

まず、大西大臣と一緒に殺された女の関係者を徹底的に調べること。

現在、行方不明の高木義之を何とか探し出して、彼が事件の犯人なのかどうか、犯人ならば逮捕し、殺人の動機を明らかにすること。

殺人に、問題の火縄銃が利用されたとしたら、どんなふうに使われたかを明らかにすること。

岩手県警と協力して、K村の村長を刺殺した犯人を見つけ、東京の事件との関係を明らかにすること。

それだけの方針を示した後も、十津川はなぜか浮かない顔をしていた。

亀井が、心配して、声をかけた。

「警部は、やはり、あの伝説のことが、気になりますか？」

「どうしても、気になって、仕方がないんだ。私たちが、あのK村に行った時も、近藤康夫という男は、海辺にいて、恋人からかかってくるかもしれない電話を、じっと、待っていたじゃないか？　私には、その光景が、頭から離れないんだ」

「そうでしたね。私も、あの男のそんな姿を見ていますが、だからといって、われわれには、どうすることも、できませんよ。本部長のいったことに、今回は、私も賛成しているのです。東京の殺人事件と、近藤康夫とは何の関係もありません。したがって、われわれは、彼のために、やってあげられることは何もありません」

と、亀井が、いう。

「たしかに、カメさんのいう通りなんだが、ひょっとすると、私は、あの男が自殺してしまうのではないか？　そんな気がするんだ」

「しかし、それだって、われわれとは、何の関係もありません」

と、亀井が、いう。

「そうだ、関係ない。しかしね、われわれは、あの男を、助けてやれるかもしれない。なぜだかは分からないが、そんな気がして仕方がないんだ」

と、十津川が、いった。

第五章　真相に向かって

1

十津川と亀井が帰京して三日目、岩手県警の中村警部から、電話が入った。

「先日の合同捜査会議では、大変ご苦労様でした」

と、中村は、十津川に対して、まず、丁寧に挨拶をした後で、

「あの時、問題になったK村の仮設住宅からの、盗難ですが、今日の朝、海岸の廃墟から、盗まれた物が全て発見されました」

「海岸の廃墟からですか？」

「そうです。海岸沿いにあった、K村の建物は、大地震と、その後の大津波で、ほとんどが破壊され流されてしまいました。それでも、鉄筋コンクリートの建物の中には、骨組みとコンクリートの壁だけが、かろうじて残り、今でも廃墟のような姿をさらしてい

るものもあります。もちろん、一日も早く、片づけなければいけないのですが、そのための費用が、村役場のような地方の行政には捻出できません。それで、鉄筋とコンクリートの壁だけが、そのまま、残っている廃墟が、いくつもあるんです。その中の一つに、海岸通りにあった小学校があるんですが、その小学校の廃墟から、先日、仮設住宅から盗まれたと思われる壺とか、魚の取引を書いた、古文書とか、現金十万円近くが入った缶とか、そういうものが、今朝《けさ》、発見されたんです」

「十万円の現金も、発見されたんですね？」

「そうなんですよ。缶に入れたまま盗まれたと、被害者が、いっていたんですが、缶に入ったままの状態で十万円が、発見されたんです」

「そうなると、犯人が、逃げるのに、邪魔なので、盗んだものを捨てていったとは、考えにくいですね。缶に入った現金が、邪魔になるということは、まず、あり得ませんからね」

「そうなんです。最初は、こちらでも、逃げるのに、邪魔になったので捨てていったんだろうと考えましたが、十万円の現金も見つかったので、この意見は、すぐに、消されてしまいました。理由は分かりませんが、犯人は、盗んだものを、現金まで全て小学校の廃墟の中に捨てていったんです」

と、中村警部が、いった。

「もう一度確認しますが、盗まれた物は、全て、見つかったんですね？」

「そうです」

「犯人は、盗んだものを、なぜ、捨てたのか。しかも、去年、火縄銃を盗まれたと、言っている老人が、今回は、押し入れから火縄銃が、見つかったというんですからね。いったい、どうなっているのか？」

「そこが問題なので、私たちも、いろいろと、考えてみたのですが、その理由が、全く分かりません。それで、十津川さんに、おききしたいんですが、十津川さんは、火縄銃が盗まれたのは、老人の錯覚ではないかといわれましたね？」

「たしかにいいました。問題の火縄銃の持ち主だという戸山久一郎さんと話していて、彼が認知症にかかっていると思われるふしが、ありましてね。盗まれた日時が、どうもはっきりしないのですよ。しかし繰り返しきいたところ、盗まれたのはやはり去年の秋らしい。つまり、火縄銃だけは、壺や十万円の現金が盗まれた日よりも、ずっと前に、盗まれたわけです。そう推測しますと、大西大臣殺害に当てはまるんですが、今回の騒動で、盗まれたはずの火縄銃が、戻って来ているというんですから、困惑しているんですよ」

「その戸山久一郎さん、八十五歳が、久慈市の、病院に入院しました。病名は、今、十津川さんが、いわれた認知症です。だいぶ悪化しているようです」

「もう一度確認したいのですが、盗まれたものは、全部、海岸沿いの、小学校の廃墟から見つかったんですね？　全部、見つかったんですね？」

「そうです。私も、今日、K村の人たちに会って、一つ一つ確認してきましたが、全部、小学校の廃墟から見つかりました。間違いありません」

と、中村警部は、いってから、

「こちらで合同捜査会議を開いた時、犯人は、東京で殺人事件の容疑者になっている高木義之という男ではないかと、十津川さんは、いわれましたが、間違いありませんか？」

今度は、中村が、十津川にきく。

「東京で起きた、殺人事件の容疑者は、高木義之、三十五歳で、間違いありません。ただ、現在、この高木義之の行方が、分からないので、こちらとしては、全力でその行方を探しているところです。その高木義之の指紋が、そちらの仮設住宅の二つから、発見されましたから、盗みに入った犯人は、高木義之とみていいと思います」

「その高木義之のことで、よく分からないことがあります。どうして、盗んだものをそのまま、K村の小学校の廃墟の中に捨てていったのか？　犯人の高木義之は、こちらのK村の村長を、殺害しているんです。東京でも大臣を殺した容疑者なわけでしょう。そんな凶悪犯が、なぜ、盗んだ品物を、全部置いて逃げたのか、私には、それが、不思議で仕方がないのです」

「現在、こちらでは、高木義之について、全力でその行方を追っています。もちろん、見つけ次第、逮捕しますが、その一方で、高木義之が、いったい、どんな男なのかを調べていますから、その点何か分かりましたら、すぐ報告します。そうすれば、そちらの疑問も解けるかもしれません」

と、十津川は、約束した。

2

十津川たちが、高木義之、三十五歳について調べているのは、本当だった。高木を、現在、東京で、大西農林水産大臣とその愛人を殺した容疑者として追っているのだが、その一方で、高木義之が何者かという疑問も、十津川たちは、持っていた。

大西大臣と高木義之との接点が、全く、見当たらなかったからである。

それなのに、高木は、どうして、大西大臣を、殺したのか？　その動機は、何なのか？

高木義之は、久慈市で、生まれ育ち、小学生の頃、両親が離婚し、母親に引き取られて、母子家庭として、生活保護を受け、暮らしていた。その母親も、高木が中学三年の時、病気で亡くなった。その後、養護施設に預けられ、アルバイトをしながら、地元の定時制高校に通い、東京のS大学は奨学金を貰って卒業した。在学中の成績は、かなりよかったという。

高木義之は、友人たちが、大企業に入ろうと苦労していることに対して、ある種の反感を持っていたらしい。彼は、最初から就職先に、中小企業を選び、その会社に就職した。従業員五十人、自動車会社や、電機メーカーなどの下請けをやっている小さな会社である。

二十八歳の時、高木義之は、同じ会社の先輩、井口《いぐち》という熟練工の娘、井口弥生《やよい》に、恋をした。

この恋愛は、彼が勤めている会社全体の祝福を受けた。社長は、結婚式の仲人を務めてやろうと、申し出てくれたし、井口弥生の父親も娘の結婚に賛成だった。

このまま行けば、平凡に結婚し、平凡に子供を作り、それなりの幸福な人生が、彼を待っていたに、違いなかった。

しかし、その娘と婚約をした一カ月後に、ある事件が起きた。

高木が働いていた会社は、その頃、大手の自動車メーカーの、部品を作る下請けをやっていた。

その大手自動車メーカーの池内《いけうち》という業務課長が、高木が働いていた、下請け会社に折衝にやってきて、そこで働いていた、井口弥生に目をつけたのである。

そして、絵に描いたようなセクハラ行為で、彼女を犯し、その上、彼女のヌード写真まで撮って、自分との関係を続けなければ、それを、インターネットでバラまくと、彼女を脅したのである。

悩んだ井口弥生は、誰にもいえずに、自ら命を絶ってしまった。

普通なら、相手は親会社の社員ということで、泣き寝入りしてしまうところだが、高木義之は、違っていた。会社に退職願を出した後、池内課長を誘拐して、殺してしまったのである。

そのあと、高木は逃げずに、警察に自首し、逮捕された。

裁判では、高木義之の動機が、自分の婚約者が被害者の池内に犯され、自殺に追いやられたことにあるとして、情状酌量の結果、殺人ではあったが、懲役十年という、比較的軽い判決を受けて、刑務所に送られた。模範囚として服役していたので六年後、去年三十四歳の時に、仮釈放で出所した。

その時、高木が働いていた、会社の社長は、わざわざ、府中刑務所まで高木を迎えに行き、

「よかったら、もう一度、うちで働かないか？」

と、誘ったが、高木は、その申し出を断ると、突然、姿を消してしまったのである。

その年の暮れ、十二月二十日に、東京都内で、大西農林水産大臣六十歳と、大臣の愛人だった橋本ゆう子三十五歳の二人が、彼女のマンションで殺害された。その殺人現場から、前科のある、高木義之の指紋が発見されたのである。

その指紋の発見は、事件から二カ月後の、今年の二月になってからだった。それで、容疑者として、高木義之、三十五歳が浮かんできたのだった。

問題は、容疑者、高木義之と、被害者、大西農林水産大臣との関係だった。何の接点も関係もなさそうに見える二人に、いったい、どんなつながりがあるのだろうか？　その点が、どうしても分からなかった。

そこで、十津川は、高木義之が府中刑務所に入っていた六年間に、何かあったのではないかと考えて、高木義之が服役中の府中刑務所の所長と看守、そして、高木と同じ房にいた男の、三人の証言を集めることにした。

まず、府中刑務所・渡辺《わたなべ》所長の証言である。

「私は、高木義之について、刑務所にいる間に、何か、手に職をつけさせようと考えました。出所後は、真面目《まじめ》に一生懸命働き、新しい恋人を作って、平凡な結婚をして、人生を、やり直してほしいと、思ったからです。高木は殺人こそ犯しましたが、動機が、動機ですからね。もちろん、彼の罪を、認めたわけではありませんが、同情したわけですよ。まだ、若いのだから、何とか立ち直ってほしいと、願ったんですよ。時々、理由をつけては、高木を所長室に呼んで、彼といろいろな、話をしたんですが、あの男は、恋人が自殺した瞬間から、人生観が、変わってしまったのかもしれませんね。何しろ、こちらが、親身になって話をしても、ウワの空で、自分の人生に対して無関心なんですよ。出所する時にも、それとなく、これからは、平凡に生きて、幸福をつかんでほしいといったんですが、私のいうことは全く、聞いていなかったみたいでしたね」

二人目は、佐藤《さとう》看守の証言である。

「私は、長いこと、看守をやって来て、今までにたくさんの囚人を、見てきました。まだ、三十歳前後だというのに、高木義之という男は、少しばかり変わっていましたね。彼が二十八歳の時に、結婚を約束していた女性が自殺をしてしまい、自殺に追い込んだ男を殺してしまったことは知っていましたが、どうもその時点で、彼の人生は、終わってしまったんじゃないでしょうか？　自分で勝手に、自分の人生は、もう終わったと思い込んでいる。そんな感じですね。だから、出所後、どんなことをするのか、心配でしたね。その一方で、性格なんでしょうね。約束したことは守るし、他の囚人の悪口はいわない、その上、囚人仲間の面倒見もよくて、口も堅いので、囚人の間では信用されていましたね。高木義之といちばん長く、同じ房に入っていた囚人ですか？　たしか、伊《い》地知《じち》という、今年四十五歳の囚人ですよ。伊藤の伊に、地面の地、知識の知と書いて、伊地知といいます。四十五歳になってまもなく、出所していますが、得体のしれない男で、三十歳で人殺しをやって、十五年の刑を受けて、入所したのです。その殺人ですが、誰かに金をもらって、依頼された、自分とは、何の関係もない人間を殺したといわれていましたね。ただ、伊地知本人は、そのことを、否定していましたがね。どうも、この男と同じ房にいたことで、高木は、何か悪い影響を受けたのかも、しれません」

最後は、その伊地知三郎《さぶろう》、四十五歳の証言。

「たしかに、高木義之という男とは、三年間同じ房に入っていましたよ。看守の前では、素直で、命じられたことは、二つ返事でやる、好青年を演じていたから、模範囚という評価を受けたんだが、内実は、無愛想な男でね。こっちが何をいっても、黙ったままでいるか、生返事しかしない無口な男なんですよ。それで、ある時、俺は、あいつに、説教してやったんです。『そんなことじゃ、刑期を終えてシャバに戻っても、勤め口もなくて、たちまち、生活に困って、また何かやって刑務所に、逆戻りになってしまうぞ』ってね。そうしたら、高木のヤツ、俺のいうことなんて何も聞いてなくて、その挙句に『簡単に、大金が手に入る方法はないですかね？　もうまじめな暮らしなんかやりたくない』なんていうんですよ。それで、俺は、自分のことを、話してやりました。

『俺は、十年前に大金をもらって、人を一人殺した。今だって、誰かを殺したい人間は、シャバには、いくらでもいる。そういう人間を見つけて、金をもらって、人殺しをすれば、簡単に、大金が手に入るぞ。何しろ、自分とは、全く関係のない人間を殺すんだから、よっぽどヘマをしない限り、警察に捕まる心配はない。大金を持っている奴にとって、邪魔な人間がいる。そいつを殺せば、楽しい人生が送れるんだが、自分で殺す勇気がない。だから、金で、人殺しを引き受けてくれる人間が、欲しい。そんな人間がいくらでもいるんだ。そういう人間を見つけたら、今、お前がいった、簡単に大金が手に入る方法になるはずだ』と、いったんですよ。もちろん冗談で、からかってやったんです。まさか、高木が、本当にそれを、実行するとは、考えていませんでしたね。しかし、今から考えると、あいつは、いわゆる殺し屋に向いているのかもしれませんね。いざとなると平気で人殺しができるし、口が堅かったからね。これも冗談ですがね」

（これで、全く見つからなかった高木義之の大西大臣殺しの動機に、少しは近づけた）

と、十津川は、思った。

伊地知の話は、半分本気だと受け取った。

だとすると、高木が大西大臣殺しの犯人であることは間違いないのである。何しろ、現場のマンションから、高木の指紋が発見されているのだ。

ただ、これまでは、どうしても、動機が分からなかった。

殺しの報酬として大金が、高木に、支払われているとすれば、それは十分な動機になる。しかし、それが動機の全てだろうか？

十津川たちは、今度は殺された、大西農林水産大臣のことを調べることにした。

大西農林水産大臣は、資産家である。歴代の大臣の中でも、飛び抜けて、財産の多い男だった。現在の代議士の中でも五指の中に入る。

大西は、その金に飽かして、次々と女を買い、関係を持ち、そして、自分勝手に関係した女たちを、次から次に捨てていったという。大西が多くの女性から恨まれる理由はそれで十分である。

それでも、大西が平気でいられたのは、金で片をつけていたからだろう。

本来なら、それだけで、大臣候補から外されるのだが、なぜか大臣になった。

多くの代議士たちに、選挙のための資金を、バラ撒いていたおかげだ、というウワサもあった。

大西から金をもらった人間は、それで納得した。あるいは、誰かに、大西殺しを頼んだりはしなかったろう。金をもらうことで、納得させられてしまったのだ。

十津川が注目したのは、大西大臣の、後援会で起きた一つの事件だった。後援会の名前は、『大西政治研究会』である。

その後援会の会長を、長いあいだ務めていたのが、水野新太郎《みずのしんたろう》、六十歳だった。

水野は、若い時から、大西が所属している保守党の後援会に入っていて、大西政治研究会の会長になった。

水野新太郎は、もちろん、大西が根っからの女好きで、女にだらしがなく、金に飽かして女を、次々に替えていることは知っていた。

しかし、大物の政治家であれば、そのくらいの、艶っぽい話があっても、それはかえって、大人物の証明になると考えるような、水野新太郎は、そんな男でもあった。

ところが、大西が、しばしば、水野新太郎の家を訪ねてくる間に、よりによって、水野の一人娘、みどりに目をつけてしまったのである。

みどりのほうも、当時二十九歳で、翌年には三十歳になる。三十歳までには、何とか、結婚したいと考えていたので、独身だった大西のアプローチを受け入れて、二人はやがて、男女の関係になった。

しかし、大西のほうは、みどりと結婚する気など端《はな》からなくて、関係したほかの女と同じように、自分が声をかければ、簡単に自分のものになるだろうと、その程度のつき合いだった。

結果は、悲惨なものに、なってしまい、大西に弄ばれ、捨てられた形になった、水野みどりは、自殺してしまった。

ただ、今回は、今までのように、金では簡単に片がつかなかった。自殺した女が、自分の、後援会長の一人娘だったからである。

一方、この事実を知った、水野新太郎は、悲嘆に暮れて、大西の後援会長を辞任した。しかし、大西のほうは、水野新太郎が、後援会長を辞めた後も、警戒していて、この件が公にならないよう、何とか、水野新太郎の口を封じようとした。そのために大金をバラまいたのだが、そのことが水野新太郎の心を、かえって深く、傷つけてしまったらしい。

そのため、その後も、二人の間には、トラブルが、尽きなかったという。

十津川は、このことから、一つの推理をした。水野新太郎と、出所した高木義之が、どこかで、出会った。その時、水野新太郎が高木義之に、大金を渡して、大西大臣の殺害を、依頼した。あるいは、伊地知が二人を引き合わせたのか。もし、高木義之が、出所後、大金をもらって、殺しを引き受けたとすれば、スポンサーは、水野新太郎ではないかと、考えたのである。

十津川が、そう考えた理由は、第一に、水野新太郎自身が、資産家で、殺しを依頼できるような大金を、持っていたこと。第二に、大西農林水産大臣が殺された翌日の、水野新太郎の行動である。

水野家の墓は、南房総の総信寺にあった。大西農林水産大臣が殺された翌日、水野新太郎は、総信寺に行き、水野家代々の墓と、その横に造った一人娘、みどりの墓に、花を手向《たむ》け、寺の住職に、永代供養を頼み、その代金を払った後、自らは、その寺の近くの山に入って、服毒自殺をしていたからである。

もちろん、それだけで、十津川が水野新太郎を、高木義之に、大西大臣の殺害を依頼した人物だと決めたわけではない。

十津川は水野の一人娘、みどりが二十九歳で自殺した、その前後の様子を調べた。

今から二年前、大西が農林水産大臣に就任した時、後援会の会長だった水野新太郎は、東京の、Tホテルの中でもっとも広い「孔雀《くじゃく》の間」を借り切って、大西のために盛大な祝賀パーティを開いている。

その祝賀パーティの模様を、水野は、有名な写真家に頼んで、写真に撮ってもらっている。

十津川は、その写真を借りて、部下の刑事と一緒に、何度も見た。

それを見ると、水野新太郎が、本当に嬉しそうな顔で、写っていた。

この祝賀パーティを開催するに当たって、水野新太郎は、大金を、つぎ込んだ。その証拠に、パーティの司会を、務めたのは、テレビ局の有名な人気アナウンサーだった。

その上、保守党びいきの有名タレントを、何人も呼んで、一人一人に、大西農林水産大臣を誉《ほ》めちぎらせた。

大西農林水産大臣に、花束を渡す役目を、水野新太郎は、一人娘のみどりに与えたのである。この時はまだ、大西と水野みどりの間には、関係ができていない時だったから、みどりは、和服姿でニコニコしながら、大西大臣に、

「大西先生、農林水産大臣就任おめでとうございます」

と、いって、大きな花束を渡していたそうだ。

おそらく、この祝賀パーティの時、水野新太郎は、娘のみどりが大西と結婚してくれたらいいと思っていたのだろう。それだけに、裏切られた時の失望と怒りは大きかったに違いない。

十津川は、そう推測した。

3

この後で、大西大臣は、水野新太郎の一人娘、みどりと、関係を持つようになったと思われるのだが、今のところ、それを、証明するような写真はない。

ただ、中央テレビの報道番組が、取材に来た時、レポーターが、水野に一つの質問をしている。その記録は残っていた。

「娘さんのみどりさんと、大西農林水産大臣が、都内のRホテルで食事をし、そのまま

二人で、そのホテルに泊まったというウワサがあるんですが、本当ですか？」

レポーターが、きいている。

それに対して、水野新太郎は、別に、慌てもせずに落ち着いた表情で、こう答えているのである。

「その話が、本当か、それとも、単なるウワサにすぎないのか、私には分かりませんが、大西大臣は、正真正銘の、独身ですからね。娘のみどりも独身ですから、独身の大人同士が何をしようと、私は、別に、困ったことだとも、不謹慎なことだとも、思っていませんよ。後ろ指を差されるようなことは、何もないですよ。それよりも、むしろ、後援会長としての私は、大西大臣が早く、家庭を持って、落ち着いて国政に携わってほしいと、思ってます。ですから、娘のみどりが、大西大臣夫人になってくれれば、嬉しいとさえ思っていますよ」

これが、水野新太郎の答えである。

しかし、十津川が調べてみると、大西はその頃すでに、橋本ゆう子と関係を持ち、彼女のためにマンションを、買ってやっていたのである。

大西大臣は、結局、その橋本ゆう子と一緒に、高木義之に殺されてしまうのだが、橋本ゆう子という大西の愛人のことは、まだ、水野新太郎の耳には、入っていなかったに違いない。

耳に入っていれば、娘のみどりには、大西との関係を、断つようにいっただろうし、大西にも、一言小言《こごと》を、いったはずである。

4

その一カ月後、水野みどりは、自殺しているのだが、その直後の水野新太郎のことを調べてみると、死んだ娘のみどりのために、内輪だけで葬式を済ませていることが、分かった。

つまり、娘のみどりが、どうして、自殺をしたのか、父親の水野新太郎には、はっきりと分かっていたはずである。だから、大げさな葬儀はやらず、身内だけの密葬にしたのだろう。

そして、この後正式に、水野新太郎は、大西の後援会である大西政治研究会の会長を辞任している。このことは、新聞の政治面に、小さな囲み記事となって、報道されていた。

『政界通信』という小さなコラムである。その中で、

「水野新太郎さんは、このほど、十年間務めていた大西農林水産大臣の後援会である大西政治研究会の会長を、突然、辞任した。しかし、その理由については、一言もしゃべ

っていない」

と、あった。

そのことがかえって、水野新太郎が、真相を知っていたに違いないという確信を、十津川に与えたのである。

5

問題は、水野新太郎が、高木義之と、何らかの関係を、持っていたかどうかということである。

十津川は、水野が、高木を知って、大西殺しを依頼したと考えるのだが、どうして関係ができたのかが問題になってくる。その点について、十津川は、刑事たちにハッパをかけて、徹底的に、調べさせた。

刑事たちが、調査の途中で知ったのは、長年連れ添ってきた妻の頼子《よりこ》が病死していたことだった。

水野の妻、頼子は、もともと心臓が弱く、病身だったといわれていて、目立たない存在だった。一人娘のみどりの自殺が、頼子には、相当こたえたに違いない。夫の水野新太郎との間には、みどりのほかに子供がいなかったからである。

みどりの死の直後に、心臓病が悪化して頼子は入院し、いったんは、回復し退院して自宅で療養していたものの、突然、容態が、悪化して死亡している。

十津川は、その時、彼女を、診察した医者に会って、話を聞くと、

「水野頼子さんは、もともと、病弱で慢性心臓病を患っていて、薬を、飲んでいましたが、おそらく、一人娘のみどりさんの自殺が、相当こたえたんでしょうね。薬を飲むのを、自分から止めてしまったんですよ。そこで、急速に心臓が悪くなり、救急車で運ばれてきて、ウチの病院に、再び入院したのですが、入院して一カ月後に亡くなってしまいました。自殺といっても、いいような死に方でしたね」

こうして、水野新太郎は、一人娘のみどりと、妻の頼子をいっぺんに失って、一人きりになってしまったのである。

そんな水野新太郎を心配していた、古くからの友人たちが、何人かいるのだが、その一人が十津川に、こんな証言をしてくれた。

「昔の水野というのは、明るくて、楽しい男でしたよ。それが、あんなことがあったせいで、暗くて、無口な人間に、なってしまいましてね。そんな水野をなぐさめようと、ある時、飲みに誘ったんですよ。そうしたら、水野が、完全に酔っぱらってしまいましてね。いつもの水野は、私なんかよりずっと酒に強いんですが、その時は、泥酔してし

まいました。仕方がないので、私が、彼を担いで、私のマンションに、連れていったんです。その時に、水野が、こんなことを、私にいったんです。『テレビで、この間、必殺仕事人というのを見た。金を払って、恨んでいる人間を、殺してくれと頼むと、殺してくれる仕事人が主人公のドラマで、もし、現代にも、そんなヤツがいるんなら、俺は、全財産を、そいつにやって、頼むんだがなあ。そんなヤツがいないかな』。真面目な顔で、そんなことをいったんですよ。その後で、何度も『そういう必殺仕事人が、今もいたら、俺に教えてくれ』と、盛んにいっていましたね。もちろん、私は、この現代に、そんな殺し屋がいるとは思えませんが、『そんな人間がいたらいいな』と適当に、あいづちを、打っていました。しかし彼が、あまりにも真剣な顔でいっているんで、少しばかり、心配になりましてね。次の日、彼の携帯に、電話をかけたんですが、出ないんですよ。その後も、何回もかけましたが、全く、出なくて、そのうち、水野とは、連絡が、取れなくなってしまいました。それで心配だったんですが、あんなことになってしまって、ビックリしましたよ」

6

この証言で、水野新太郎が、必死になって、現代の必殺仕事人を、探していたことがはっきりした。

ただ具体的に、水野新太郎が、いったい、何をしたのかが、分からなかった。

そんな時、若い西本《にしもと》刑事が、十津川に、Xチャンネルの話をした。

「Xチャンネルというのは、いろいろと、問題を起こして、世間を騒がせているサイトなんですが、自殺の方法とか、爆弾の作り方とか、危ない情報が、何でも載っているサイトです。時には、ウソか本当か分かりませんが、『一千万円くれれば、人間を一人殺します』などというメッセージが、載ったりもするんです。もしかすると、水野新太郎は、このXチャンネルを使って、殺し屋を探したのかもしれません」

そこで、十津川は、水野新太郎が、大西の後援会、大西政治研究会の会長を、辞めた頃からの、Xチャンネルのメッセージを全部、見てみた。

この時も、若い西本刑事が、Xチャンネルに載った、一つのメッセージを探し出して十津川に教えてくれた。

「一千万円出したら、誰か、必殺仕事人を紹介してくれますか？　もし、必殺仕事人本人なら、一千万どころか、五千万、一億円を出してもいいですよ。ＭＳ」

これが、メッセージによる呼びかけである。

「これは、水野新太郎が大西の後援会の会長を辞めた直後のＸチャンネルに載ったメッセージです」

と、西本が、いう。

「しかし、水野新太郎の、名前じゃないね。ＭＳとなっている」

「ＭＳというのは、ハンドルネームと呼ばれている、サイトの中だけで、通用する名前で、本名は別にあります。ＭＳを単純にイニシャル化すると、Ｍは水野、Ｓは新太郎と考えられますから、水野新太郎が、このメッセージを出した可能性が高いと思いますね」

と、西本が、いった。

「もし、これが、水野新太郎のメッセージだとしてだね、高木義之がこれを見たのか、どう答えたのか、それが、分からないと、二人の関係がはっきりしないな」

「このＸチャンネルを運営している会社に行って、責任者に、話を聞いてみようじゃありませんか？」

と、西本が、いった。

7

十津川は西本を連れて、Ｘチャンネルを運営している会社を、訪ねていった。

池袋にあるその会社の社長、安藤《あんどう》に会って、十津川はまず警察手帳を見せた。すると、安藤社長は、

「世間で事件が起きると、Xチャンネルに載ったメッセージが関係しているのではないかといわれているのは、知っています。だが、裁判で、ウチの会社には何の責任もないという判決が下っているんですよ。刑事さんは、ご存じだと思いますが」

と、先回りして、いった。

十津川は、笑って、

「今日は、Xチャンネルに文句があって、ここに、来たというわけではありませんよ。実は、私たちは今、ある殺人事件を追いかけていて、ひょっとすると、Xチャンネルが、この事件の解決に役立つのではないかと考え、協力を、お願いに来たんですよ。ぜひ協力していただきたい」

「ウチのどんなメッセージが、その事件に、関係してるんですか？」

安藤社長が、警戒するように、十津川を見た。

十津川は、西本刑事が発見したメッセージのコピーを、安藤社長に示した。

「このメッセージですが、これに応えた人間がいるのではないかと、思うんだが、どうですか？」

安藤は、顔を赤くして、

「いいですか、刑事さん。こういうメッセージというのは全部、冗談というか、単なるジョークなんです。現代に、殺し屋がいるなんて、誰も、本気で考えたりしませんよ。サイトの中だけで、ただ単に、ふざけて、喜んでいるだけなんです」

「いや、ふざけていても、遊びでもいい。ただ、この呼びかけに対して、誰かが応えているかどうかを知りたいだけだ。それが分かれば、ぜひ教えてもらいたい」

十津川は、強い口調でいった。

しばらく、十津川と安藤社長の間で、押し問答が続いた。

あくまでも、これは、単なる冗談であり、もし、それに、応じた人がいても、それを他人に教えることはできない。そう、主張する安藤社長に対して、十津川のほうは、丁重にお願いしたり、時には、脅かしたりした。

その結果、やっと、安藤社長が納得して、一つのメッセージを、十津川と西本の二人に見せてくれた。

「何度もいいますが、これは、あくまでも冗談ですからね。たしかに、このMSさんの呼びかけに応えた、メッセージがあるんです。これももちろん、冗談ですから、そのつもりで見てください」

と、安藤が、いった。

「ＭＳさんへ。必殺仕事人を探していらっしゃるのですね？　私こそ、その必殺仕事人です。十月十日の昼から、午後五時までの間、日本でいちばん乗降客の多い駅の中のカフェＰで待っていてくだされば、現代の必殺仕事人が、参上いたします」

メッセージにはこうあり、差出人のサインは、

「殺し屋Ｔ」

になっていた。

（これを出したのが高木ならば、たしかにイニシャルはＴだから、合っている）

と、十津川は、思った。

しかし、本当に、高木義之がＸチャンネルで、呼びかけに応じたのか、これだけではまだ分からない。

8

「日本でいちばん乗降客が多い駅といったら、東京駅かね？」

と、十津川が、きいた。

「いや、新宿駅でしょう」

と、西本が、答える。

「それなら、新宿駅に行ってみよう」

と、十津川が、いった。

二人は新宿駅に行き、駅構内にある喫茶店を探してみた。本当に、Ｐという頭文字の喫茶店があるとは思えなかったのだが、あったのである。

店の名前は「カフェプチモンド」である。どうやら、問題のメッセージに応えた殺し屋Ｔと名乗る人物と、メッセージを出したＭＳという人物が待ち合わせをしたカフェＰがここらしい。

駅構内の喧騒の中にあるが、その店に入っている客は、そんなに、多くはなかった。駅の待ち合わせに使うには、もっと、分かりやすい場所を選ぶのかもしれない。

そんなことを考えながら、十津川と西本の二人は、その店に入り、店で働いている女性二人と、カウンターの向こうにいる、マネージャーの三人に、持ってきた水野新太郎と高木義之の顔写真を、見せて、

「この写真の二人の男が、去年の十月十日の午後に、こちらで待ち合わせをして会っているのですが、覚えてませんか？」

と、きいた。

自分たちを喜ばせるような答えが、すぐに出てくるとは期待していなかったのだが、

意外なことに、三人は、水野新太郎の顔写真を見るとすぐに、大きくうなずいて、

「ええ、この写真の人なら覚えていますよ。たしかに、ウチの店に来られました」

と、口を揃えて、いったのである。

「本当ですか？」

「ええ、本当です。間違いありません」

「どうして、そんなに、はっきり覚えているんですか？」

「たしか、あの時は、お昼を過ぎた頃にいらっしゃって、午後五時頃までずっと、向こうの隅のテーブルに、座っていらっしゃったからですよ。その間、何度も、追加のオーダーをなさって、コーヒーを、何杯も飲まれましたから、それで覚えているんです」

十津川は、高木義之の写真を、指差しながら、彼らに、

「この男と、この店で、待ち合わせをしていたはずですがこちらの男のことは覚えていますか？」

「たしか、夕方の、五時頃だったと思うのですが、やっと、お連れさまが来たのは覚えているんです。遅れてやって来られた方の顔は、正確には、覚えていませんが、目の鋭さは、よく似ているような気がします」

と、三人が、いう。

「顔を覚えていなくても、結構ですが、何か男の特徴は覚えていませんか？　どんな、

小さなことでもいいんですが、何か、覚えていたら教えて下さい」

「顔は覚えていないんですけど、帽子をかぶっていらっしゃったことは、よく覚えています」

と、女性二人が、いった。

「どんな帽子でしたか？」

「真っ白な、ハンチングでした。そのハンチングの左側に、赤い羽根が差してありました」

と、一人の女性が、いった。

（そうか）

と、十津川は、思った。赤い羽根募金をやっている時期だったのだ。

「それで、その二人は、会ってからどうしましたか？」

西本が、きいた。

「遅れて来た方が、コーヒーを注文して、一口か二口飲んだだけで、すぐお二人で、店を、出ていかれました。時間は五時二十五分ぐらいでしたかね。お金は、前からいた方が、払われました」

と、もう一人の女性が、いった。

もし、これが昨日か今日の話ならば、その男の触った場所から、指紋が検出できるかもしれない。そうすれば、その男が高木かどうかは、簡単に判明するのである。

しかし、何しろ、去年の、十月の話なのである。今さらコーヒーカップや、高木らしい男が座ったテーブルから指紋を採取することは無理だろう。だから、その時に会った相手が、高木義之かどうかは、今のところ分からなかった。

そこで、この直後、去年の十月十一日の水野新太郎の持っていた銀行口座を、調べてみると、一千万円の現金を、引き出していることが分かった。

水野新太郎と思われる男は、Xチャンネルに、もし、現代の殺し屋がいれば、一千万円でも五千万円でも一億円でも払っていいと、メッセージを残している。

そのことを考えれば、十月十日に、新宿駅構内のカフェPであった男に渡すために急遽《きゆうきよ》、翌日に、一千万円を下ろしたのだろう。

「この他にも、高木が水野の頼みを引き受けたと考えられる理由がある」

と、十津川は、いった。

「日本人の場合、殺しを引き受けるにしても金の他に、何か自分を納得させる大義名分を欲しがると、私は考えている。特に高木の場合は、素人の殺し屋だから、なおさらだったと思う。その点、依頼人の水野は、ぴったりだったんだ。一人娘が、権力者の大西大臣に欺《だま》されて自殺してしまった。それは、高木自身を襲った悲劇と、全く同じだったからね。それで、高木は、殺しを引き受けたと、私は思っている」

「高木は、引き受けて、すぐ、実行したんでしょうか？」

と、西本が、きく。

「いや、大西大臣は、用心深く、誰にも会おうとしない男で、知られていたからね。初対面の自分が、どうしたら、大西に近づけるか考えたに違いないんだ。そこで、水野に、大西大臣が最近、どんな趣味に凝っているのかを、聞いたんだろう。女性以外に、大西が夢中になるものを、だ」

「それで、火縄銃ですね？」

「大西という男の趣味は、日本の武器の収集で、最近は、火縄銃を集めていた。それなら珍しい火縄銃をエサにすれば、大西が会ってくれるだろうと考えたんだ」

「東北にあるK村の老人が持っていた火縄銃ですね？」

「あの火縄銃のことは、二年前の震災の後、地元紙に載っていたから、高木は、それを読んでいて、K村の仮設に盗みに入ったんだ。だから、盗まれたのは、大西大臣と女が東京で、殺された去年の十二月二十日以前でなければならないんだよ」

と、十津川は、いった。

このあとで、開かれた捜査会議で、十津川は、三上本部長に向かって、

「実は、もう一つ、解明しなければならない疑問が残っています」

「火縄銃のことは、もう解決したんだろう？」

三上本部長が、きいた。

「別の疑問です」

「まだ、何か残っているのかね？」

「現在、K村で話題になっている愛の電話交歓の件です。これが、問題として、残っています」

「しかし、その問題は、愛の奇跡といった、いわばお伽話《とぎばなし》で、殺人事件とは、何の関係もないんじゃないか？」

「一見すると、そう見えるんですが、私にはどうしても、殺人事件や盗難事件と、どこかで繋がっているような気がして仕方がないのです」

と、十津川は、いった。

第六章　奇跡が起きるか

1

三陸鉄道の片桐社長は、出社するとすぐ、社長室に来るようにと、広報部長の永田《ながた》を呼んだ。

片桐社長は、慌ててやって来た永田部長に対して、

「『三陸新報』の朝刊だが、読んだかね？」

地元の新聞「三陸新報」を、部長の前に、突き出した。

「ええ、これでしたら、今朝、自宅で、読みましたが」

と、永田が答える。

「そうか、それなら、読んでどう思ったのか、君の考えを聞きたいな」

と、片桐が、いった。

その記事は、次のようなものだった。

「今、巷《ちまた》で〝愛の奇跡〟などといわれて話題になっているのが、今回の地震と津波で行方不明になっている藤井渚さんと、彼女と結婚を約束した相手の、近藤康夫さんとの携帯電話による交信である。

近藤さんの話によると、最近になって、渚さんから届く電波が、だんだん弱くなってきたという。普通なら、電池の消耗と、考えるだろう。

しかし、近藤さんは、そうは、考えなかった。

渚さんが、交信に疲れて、止めようとしているのではないか？

近藤さんは、そんなふうに、受け取ったというのである。

もし、このまま電波が、弱くなっていって、途絶えてしまったら、現在、自分が住んでいる世界から、彼女が住んでいるかもしれない世界に、出かけてみたいと、思っている。

近藤さんは、そう語っている」

近藤のいう、渚がいる世界とは、おそらく、あの世を、指しているのだろう。

そう考えると、近藤が、渚からの電波が途絶えたら、彼女に会いに出かけるといっているのは、近藤が、自殺をほのめかしているのと同じことに思えてくる。

現在、近藤康夫と接触している何人かが、それを考えて、近藤の自殺願望を何とか食い止めようとしているが、今のまま、渚からの電話が、途絶えてしまったら、近藤の自殺願望を止めるのは難しいと考えてもいる。

この事態も「三陸新報」に書かれていて、『愛の通信の近況』と、題されていた。

「それで、君の感想は？」

片桐社長が、きいた。

「これは、近藤さんにとって、大変なことになったというか、悲しい事態になってしまったと、心配になってきます」

「それだけかね？　ほかに何もいうことはないのか？」

片桐が、怒ったように、いう。

「しかし社長、たしかに心配ですが、私たちには、何もできませんよ。何しろ、二人の間の秘密の通信なんですから、具体的にどうなっていて、どう通信が行われているのかも、分からないのです。普通の電話でしたら、電波が弱くなったら、中断すればいい。そう思うのですが、何しろ、渚さんという女性が、どこから、電波を送っているのかが、全く分かりませんから」

永田広報部長が、いう。

「たしかに、君のいうことも、一理ある。それでは、質問を変えよう。こんな状態になっている恋人同士に対して、わが社がいったい何をしてあげられるのか、広報部長の君は、どう対処したらいいと、思っているのか、それを聞かせてくれ」

片桐社長の言葉で、永田は、ますます困った顔になって、

「急に、そう、いわれましても、わが社として、何をしたらいいのか分かりません。何しろ、渚さんが、今どこにいて、どこから、恋人の近藤さんの携帯に電話をしているのかが、分かりませんから。それが分かれば、彼女に携帯の充電をお願いするんですが」

「それだけなのかね？」

片桐社長の口調が、だんだん、不機嫌になっていく。

広報部長の、永田は、冷や汗をかきながら、

「そう急にいわれましても、どうすれば、最善なのかが、一向に分からなくて。申し訳ありません」

「そうか。それじゃあ、私の考えをいおう」

片桐社長は、立ち上がると、社長室の隅に置かれた、ホワイトボードに向かい、マジックで、三陸鉄道の、車両の絵を描いていった。

「いいかね、明日の、上り下りの始発列車から最終列車まで、全部の車両の横腹に、横断幕を張る」

「横断幕ですか？」

「そうだ。その横断幕には、こう書いてほしい。『藤井渚さん。どうか電話を止めないでください。近藤康夫さんは、いつも、あなたの電話を待っています』と、書くんだ。渚さんが、どこから電話をかけているのか分からないから、横断幕は、海側と、山側の、両方に取りつけてくれ。その電車に乗っているお客さんにお願いして、大声で、渚さんに、呼びかけてもらう。その言葉は、横断幕と、同じだ。とにかく、渚さんが、近藤さんにかける電話を、絶対に、止めないでほしい。そういって、大声で、声をかけてもらうんだ。いいか、これは、全線での運転再開を願うわが三陸鉄道のためにも、なることなんだ。震災から、二年も経つのに、復興は遅々として、進まない。もう一度、政治家や役人、そして、国民の目を、三陸に向けてもらうためにも、重要なことなんだよ」

そういい終わると、片桐は、大声で、永田に、

「モタモタしていないで、今からすぐ、横断幕を、作らせるんだ。ほかにも、いろいろと、準備をしなくては、ならないことがあるだろう。グズグズしていたら、明日の始発に間に合わなくなるぞ」

と、怒鳴った。

2

横断幕を一枚ずつ染め上げていては、間に合わない。そこで、白地の布に、じかに、絵の具で描くことにした。その作業を受け持たされた社員は、徹夜になった。

それでも、最後の仕上げだけは、久慈市内にある、専門店に頼んだ。

何とか、全車両に張り出すだけの横断幕ができ上がると、今度は、始発の、車両の横腹に、張りつける作業である。こちらのほうは、もっぱら、三陸鉄道の、社員だけの仕事になった。

次は、ポスターである。社長の考えで出来たポスターを千枚作り、それをまず、三陸鉄道の、各駅に張らせる。

次に、三陸鉄道と繋がっている、JRの多くの駅にも、お願いをして、張ってもらうことにした。こちらのほうは、もっぱら、広報部の仕事になった。

夜が明けると同時に、さらに、表の作業が始まった。

問題の電話、近藤がいつも待っている渚からの電話、その電話の電波が、弱くなってきている。もし、彼女からの電話が、来なくなったら、自分のほうから、彼女のいる世界に入ることにするという、近藤康夫の談話の載った新聞が、東北一帯の家庭に配られていたから、夜が明けると、ほとんどの人が、横断幕のことを、知っていた。

東京の大手新聞社や、テレビ局が、三陸鉄道の今回のもよおしを取材するために押しかけてきた。

三陸鉄道の駅も車両も、横断幕を見に来た人でいっぱいになった。その光景を見ると、片桐社長が、広報部長にいった言葉、三陸鉄道のためにもなるということが、ウソでは、なかったことが分かった。

マスコミ、特に、テレビのニュース番組やワイドショーが、三陸鉄道の今回のもよおしを熱心に伝え、片桐社長もが、インタビューを受けた。その時に、テレビの、アナウンサーから、

「片桐社長ご自身が、この運動の発案者だそうですが、今日一日で、終わりにされるおつもりですか？」

聞かれて、はっきりと、次のように、約束した。

「当初は、今日一日だけの、呼びかけのつもりでしたが、これだけ、反響が大きいと、われわれとしても、一日だけで、止めるわけには、いかなくなりました。三陸鉄道の社長として、皆さんに、お約束します。近藤康夫さんにかかってくる恋人、渚さんの携帯の電波が、今までのように、強く、はっきりとしたものになるまで、この運動を続けることをお約束します」

行方不明の渚からの、携帯の電波が元のように強くなるのか、それとも、だんだん弱くなって消えてしまうのか、それを、世論調査の形式で、調べたテレビ局もあった。

強くなるという答えと、弱くなるという答えが、半々だったが、中には、冷たいというか、冷静な、意見もあった。それは、例えば、次のようなものである。

愛の奇跡や、愛の伝説というには、最初から、無理があった。東日本大震災と、その後の、大津波で、渚さんは、すでに、亡くなっているに違いない。

すでに亡くなっているとすれば、彼女からの電話というのは、単なるイタズラにすぎず、二人のことをよく知っている人間が、渚さんに成りすまして、近藤康夫さんに電話していたことになる。それとも、近藤さんが、あまりにも、大きなショックを受けているので、彼の友だちが、近藤さんを勇気づけようとして、かけたのではないのか？

その友だちは、かけ続けていることに疲れてしまったのだ。したがって電話は、そのうちに消えてしまうだろう。

ある新聞は、この推理を確かめると称して、近藤の友だち全員に、数日、近藤の携帯へ電話をかけないことを約束させた。

こうした報道が、流れた途端に、テレビ局の世論調査の数字も、変わっていった。今まで、半々だったのが、渚からの電波は、何日かするうちに途絶えてしまうだろうと考える人の数のほうが、上回ってしまったのである。

三陸鉄道が、横断幕作戦を始めて、五日経った。

その五日間、近藤の携帯には、かろうじて、渚からと、思われる電波が入っていたが、それも、次第に、聞き取りにくくなっていた。

それでも、K村にいた近藤は、深夜になると、いつものように、海辺に出かけて、自分の携帯が鳴るのを待った。

かろうじて、近藤の携帯が、鳴っていたが、今までは十五分くらいにわたって繋がっていたのに、ここに来て、それが五分程度に、なっていった。

そんな近藤の姿を、テレビ局が、執拗《しつよう》に、カメラでとらえていった。

そのうちに、渚からの電波が消え、近藤の携帯は、全く、鳴らなくなってしまうだろうと、マスコミの多くが、判断していた。だから、テレビ局のカメラも、一緒にいる、アナウンサーも、渚からの電波が途絶えた瞬間、いわば、近藤の、絶望する瞬間を、待っていたのである。

渚からの電波が、消えた時、近藤は、いったい、どうするのか？

もし、渚からの、電話がかかってこなくなったら、自分のほうから、渚の世界に会いに行くと、近藤は、いっていた。それはつまり、近藤が、自殺をすることを意味している。

そう考えると、毎日深夜になると、海辺に出る近藤の姿を、執拗に、テレビ局のカメラが、追いかけていたが、それは、近藤が絶望し、自らの命を絶つ瞬間をカメラにおさめようとしていることになる。

3

横断幕作戦五日目。

深夜近くになると、近藤は、携帯を持って、いつものように、海岸に出ていった。

その姿を、テレビ局のカメラが、執拗に、追っていく。

近藤は、さすがに疲れた表情になっている。

午前零時すぎ、突然、近藤の携帯が鳴った。

すぐ、近藤が、電話に出る。

近藤の耳に、バンドの演奏の音が、大きくはっきりと、聞こえてくる。渚の歌声も、以前のように、はっきりしている。

その音は、ここ三、四日の、弱々しい、今にも、消えてしまいそうな音ではなかった。以前と同じような大きな音で、近藤の携帯から聞こえてきたのである。

近くで、カメラを構えていたテレビ局の人間に対して、近藤は、喜びの顔で、携帯を高く掲げて見せた。

少し離れたところにいた、テレビ局のクルーにも、その音が、はっきりと聞こえたらしく、大声で、万歳を叫ぶ者までいた。

このことは、直ちに、三陸鉄道の片桐社長にも、伝えられた。

片桐社長は、早速、社長室に、広報部長の永田を、呼んだ。

今回は、片桐社長が、口を開こうとする前に、永田のほうから、

「分かっていますよ。奇跡が、起きたんですよ。早速、今度は、奇跡が、起きたことを伝える横断幕を、全車両の横腹に、張り出すことにします」

と、いうと、片桐社長は、ニッコリして、

「永田君、どうやら君も、学習したな。よく分かっているじゃないか」

「ええ、私なりに、あれからずっと、考え続けていたんですよ。渚さんからの電話が、元に戻ったら、その時は、どうしたらいいか？　逆に、消えてしまった時には、どうしたらいいのか？　それを、ずっと考え続けていましたから、社長に呼ばれた途端に、どうしたらいいか、もう、頭の中にできていました。これからすぐ、奇跡が、起きたという横断幕を作らせ、それを全車両の横腹に、張りつけて走らせます」

「よし、すぐ、その横断幕を、作らせろ」

片桐が、いうと、永田は、ニッコリして、

「すでに、渚さんへの、呼びかけの横断幕を作ってくれた、久慈市内の業者に電話をし

て、奇跡が起きたことを伝える横断幕を作ってくれるように依頼してあります。今度は、十分に、間に合うと思いますね」

と、得意げな顔になった。

4

翌朝早くから、三陸周辺は、大騒ぎだった。

「二人の間に、愛の奇跡が起きました。ありがとう」

そう書かれた、横断幕を張りつけて、三陸鉄道の列車、特に、北リアス線の列車は、始発から、走り始めた。

どの車両も、例外なく、満員である。地元の人たちの顔もあったし、わざわざ、この列車に乗るために、久慈市内のホテルに泊まった人もいるし、反対側の宮古駅の周辺に、泊まっていた人もいたから、大騒ぎである。

三陸鉄道の車両を取材するために、今度もテレビ局、あるいは、新聞社から、記者やカメラマンたちが、以前よりもさらに、大勢押しかけてきた。

近藤は、マスコミが、あまりにも、たくさん押しかけてきたので、どこかに、姿を消してしまった。

その分、三陸鉄道の、片桐社長と永田広報部長が、マスコミの標的になって、取材され、追い回された。

片桐社長も、永田広報部長も、三陸鉄道の宣伝になると思って、いくらしつこく追いかけられ、マスコミから、あれこれと無理難題を突きつけられても、イヤな顔一つせず、全て笑顔で、応対した。

5

十津川は、東京から、三陸の大騒ぎを、見守っていた。

警視庁の警部、十津川としての、第一の関心は、大西農林水産大臣殺しの、容疑者、高木義之を一日も早く逮捕し、起訴することである。

その、高木義之は、どこかに身を隠したまま、依然として、捕まってはいない。十津川や部下の刑事たちが、必死に追っているのだが、行方が、いまだにつかめないのである。

十津川は、亀井刑事と一緒に、テレビの画面に目をやって、

「カメさんは、どう見るね、この大騒ぎを」

東北の人々、特に、K村の人々の顔が映り、横断幕をつけて走る、北リアス線の車両

が紹介され、片桐社長が、大きくテレビに映って、盛んに、しゃべっている。

「私ども三陸鉄道としては、何よりも、愛の伝説、愛の携帯を、現代の若者たちに覚えて欲しいのですよ。愛というものが、どんなに、素晴らしいものか、どんなに貴いものか、愛の奇跡はあるんだということを、一人でも多くの若者に、分かってもらいたいのです。その一心で、今回、三陸鉄道の全車両に、この横断幕をつけて、走らせました。その効果なのかどうかは、分かりませんが、近藤さんの携帯に送られてくる渚さんからの電波が、ここに来て、また強くなってきたと知りました。それを聞いて、私もホッとしましたよ。このまま、近藤さんの携帯が鳴らなくなったら、多くの人々を、感動させ、勇気づけた愛の伝説も、それで、終わってしまいますからね」

「それもこれも、片桐社長が発案して、三陸鉄道が、一生懸命渚さんに呼びかけたからじゃありませんか？」

「いやいや、私や、三陸鉄道が、お手伝いしたことは、大したことじゃありません。私どもの力など、ほんの、微々《びび》たるものです。皆さんが、近藤さんと渚さんの、愛情あふれる交流を、喜んでいらっしゃる。何とかして、この愛情が実って、現実のものになってほしいと、お手伝いをさせていただいただけですよ。皆さんの熱い願いが、この愛が生き返ることに大きな力になったんだと、私は、信じていますよ」

「ところで、肝心の近藤康夫さんは今、どこに、いらっしゃるんでしょう？」

「あれだけ多くのマスコミの方たちに追いかけ回されたら、誰だって姿を隠したくなってしまいますよ。私でも、そうしますよ。マスコミの皆さんに、お願いしたい。二人を、静かに見守って、いただきたいのです。私ども三陸鉄道は、愛の奇跡が、起きたと、列車の横断幕に、書きましたが、なぜ、愛の奇跡が起きたのかを、考えなくても、皆さん一人一人が、ホッとされたのでは、ないでしょうか？　愛の伝説が、消えてしまったら、みんながガッカリしますよ。それが、また、繋がったんですから。三陸鉄道の社長としては、これを機に、北リアス線と、南リアス線の走る海岸のどこかで、大花火大会を、開催したいと思っていましたが、恋人同士を繫ぐのは、携帯電話です。静かな、愛の交歓だと、考えたので、今回は、賑やかな花火大会は、止めることにしました。その代わり、これから先、もし、近藤さんと、渚さんが再会して、結婚式を挙げることになった時には、私どもが主催して、盛大な、花火大会をやらせていただきますよ」

片桐社長が、いった。

しばらくすると、行方不明になっていた、近藤康夫からも、各テレビ局、新聞社、そして、三陸鉄道に対して、感謝のメッセージが送られてきた。

こうした東北のニュースを見ながら、十津川が、いった。

「とにかく、二人の携帯が、繋がってよかったよ。実は、心配していたんだ」

「私も、心のなかで危ないかなと、思っていたので、ホッとしました。ただわれわれ警視庁の人間としては、東京で起きた殺人事件の容疑者、高木義之を、何とかして、逮捕しなければなりません。それができないうちは、こちらの事件は、完結したことになりませんからね」

と、亀井が、いった。

6

東北、特に、三陸やK村の騒ぎが収まってきた時、十津川に、久慈警察署から、電話が入った。岩手県警の、中村警部からの電話だった。

「先ほど、高木義之を、こちらで逮捕しました」

中村が、いった。

その連絡に、十津川は、ホッとしながらも、

「高木義之は、いったい、どこで、捕まったんですか？」

「K村近くの、山の中で発見され、ただちに身柄を、拘束しました。なぜだかは分かりませんが、高木は、登山の格好で、歩いていましてね。たまたま、ウチの刑事が、捜査中に、高木を発見して、ただちに逮捕したわけです」

「高木義之は、東京で、大西農林水産大臣を、殺害したことを、自供しましたか？」

「いや、何も話していません」

「ということは、高木は、大西大臣殺害を否定しているんですか？」

「いや、否定はしていません。高木は、警視庁捜査一課の刑事、つまり、あなたとしか、話をしたくない。そういって、いるんです」

と、中村が、いう。

「それでは、すぐそちらに、伺います」

その日のうちに、十津川は、亀井と、久慈警察署を、訪ねていった。

出迎えた、中村警部は、

「高木義之は、依然として、十津川さんにしか、話をしないといって、黙秘を、続けています」

十津川は、取調室に入り、高木義之と、向かい合った。

「それでは、まず、東京の、大西大臣殺しのことから片づけよう」

十津川が、高木に向かって、いった。

高木は、神妙な顔つきで、

「それでいいです」

と、いった。

「君には、去年の、十二月二十日に、橋本ゆう子のマンションで、橋本ゆう子と大西農林水産大臣の二人を、殺した容疑がかかっている。二人を殺したことを、認めるかね?」

「ええ、認めますよ。間違いなく、私が、大西大臣と、橋本ゆう子という大臣の愛人を、殺したんです」

「どうやって二人を、殺したのか、まず、それを、話してもらいたい」

「私は、ある人物から、農林水産大臣の大西を、殺してもらいたいと、依頼されました。ところが、調べてみると、大西という男は、ひじょうに、用心深くて、どんな相手でも、めったに自分の家や、マンションに入れないということが、分かりました。ですから、どうやって、近づいたらいいのか、それが、問題でした」

「それで火縄銃か? 君に、殺人を依頼した男というのは、水野新太郎だろう。君とよく似た男が、水野と、去年の十月十日、新宿駅構内の喫茶店で、会っていたことは、確認されているんだ。君は、一千万円の報酬をもらうかわりに、大西殺しを承諾した。大西が、火縄銃に興味を持っていることを、水野から聞いたんだ」

「そうです。この頃、大西は、日本の武具の、収集に凝っていて、特に、最近は、火縄銃の収集に、凝っていることを、聞いたのです。そこで、何とか珍しい火縄銃を手に入れ、それを、口実にすれば、大西大臣に、近づけるのではないかと考えたのです。そんな時に、震災後、私の出身地久慈市の地元新聞に掲載された、珍しい火縄銃の紹介記事を、思い出したんです。大地震と津波の被害に遭って、仮設住宅に、移り住んでいるK村の戸山久一郎という老人が、その、珍しい火縄銃を持っているということを知ったので、去年の秋、その家に忍び込んで、問題の火縄銃を、盗み出しました。その頃から、持ち主の、戸山久一郎さんは、すでに、認知症にかかっていて、日時が、分からなくなっていたと思います。とにかく、珍しい火縄銃を手に入れた私は、それを使って、大西大臣に近づくことが出来ました」

「大西大臣は、すぐ、君に会うといったのか？」

「そうです。岩手県盛岡市在住の、骨董商と名乗って、大変貴重な火縄銃を入手したから、お買いになりませんか、と電話を入れたんです。最初は、訝《いぶか》っていましたが、『東京の骨董商から、先生が火縄銃を探していると聞いたので、お電話いたしました』というと、大西は、心が揺らいだのか、現物を見てから購入するかどうか決めたいと、誘いに乗ってきたのです。用心深い大西大臣でも、最近興味を持って、収集している火縄銃、それもめったにない、珍しい火縄銃を見せるというと、いつもの、警戒心が緩んだのでしょうね。十二月二十日に、自分は、橋本ゆう子という女性の、マンションにいるから、その火縄銃を持って来いと、いってきたのです。女のマンションにいるということは、殺す相手が、一人から二人になってしまうのですが、それも仕方ないと思いながら、私は、二人を殺す準備をして、火縄銃を持って、その女のマンションに、行きました」

「つまり、最初から、大臣の愛人の女性も、殺すつもりだったんだな？　それで、どうやって、殺したんだ？」

「私が用意をしたのは、改造拳銃です。普通の拳銃のような弾丸が、飛び出して、相手を殺すことは、考えませんでした。火縄銃に、使われている弾丸、つまり、鉛の弾丸が発射できる改造拳銃を作って、それを持っていき使用しました。それも、二連発銃です。十二月二十日の夜、問題の火縄銃を持って、大西大臣の愛人のマンションを、訪ねていきました。大西大臣は、珍しい火縄銃を、よほど、自分の目で見たかったんでしょうね。何の警戒心も、持たずに、初対面の私をマンションの部屋に通してくれました。そして、私の持っていった火縄銃を調べ始めたんです。女も、大臣の横に座って、火縄銃を珍しそうに、見守っていました。私は、二人の油断を、見澄まして、改造拳銃を取り出して、まず、大西大臣の左顔面のこめかみのあたりに、一発、撃ち込みました。続いて、驚いた顔をしている女にも一発、ぶっ放して、やりました。ごく近いところから、急所を狙って撃ったので、二人とも、即死でした」

「二人を殺したことに、後悔はなかったのか？」

「ありませんでした。当時、私は、いわば、絶望的な、殺し屋でした。殺しを引き受けて、金をもらう。人を殺すことには、何の抵抗も、ありませんでしたし、プレッシャーや罪悪感といったようなものも、感じませんでした。それでも、殺し屋としては素人ですから、大西大臣殺しが、世間に対してどれほどの、ショックを与えるのか、警察の手が、どこまで伸びてくるのか、それが、気になって、年が明けるまで、私は、じっと、身をひそめていました。大西大臣が、殺されたことは、新聞の一面に載って、日本中が、大騒ぎになりましたが、年が明けると、その騒ぎも、小さくなっていきました。それで、私は、この静けさに、乗じて、問題の火縄銃を、もとの持ち主の戸山久一郎さんの家に、黙って、返しておくことを、考えました。もし、戸山久一郎さんの認知症が進んでいれば、先祖代々引き継いできた家宝の火縄銃を、盗まれていることだって、忘れてしまうのではないか？　そうなれば、私は絶対に、安全だと、考えたのです。そこで、年が明けてからもう一度、K村、正確にいえば、K村が、高台に移った仮設住宅ですが、そこに、忍び込んだんです。この時私は、二つのことを、やらなければいけないと考えていました」

「二つのこととは、何だね？」

「火縄銃を、そっと、戸山久一郎さんの仮設住宅の部屋に、戻しておくこと。それが第一で、第二には、K村の仮設住宅の、何人かの家に忍び込んで、なるべく安っぽい、どうでも、いいようなものを盗んでいくことでした。私としては、火縄銃と、K村と、大西大臣殺しが、結びつかないようにしておきたかったんです。ところが、思ってもみなかったことが、起こってしまいました。私が、戸山久一郎さんの仮設住宅に、火縄銃を返した後、他の仮設住宅を物色し、盗んだ品々を抱えて、歩いている時に、K村の村長、磯村さんと、バッタリ、出会ってしまったのです。磯村村長が、大きな声を、上げたので、衝動的に、私は、村長を、刺殺してしまいました。そのため、急いで、私は、K村から逃げ出しました。ほかの仮設住宅から、盗んだ品物が、重荷になっていたので、K村の地震と津波で壊れた、小学校の中に置いて、東京まで逃げ帰ったのです。その後、テレビを、見ていたら、戸山久一郎さんが、証言をしていましたが、やはり、認知症がかなり進んでいると思いました。自分の家の家宝にも等しい火縄銃が、いつ盗まれたのか、戸山久一郎さんは、それすら分かっていなかったのですから。そして今回、K村を、訪ねていって、警察に捕まってしまいました」

高木義之の証言が、一区切り、ついたところで、十津川が、いった。

「それにしても、私たちが、躍起になって探していたのに、なかなか、見つからなかった君が、今回、アッサリと、捕まってしまったが、君は、いったい、何をしに、K村に来たのかね？　まさか、わざと、捕まるために来たわけじゃないだろう？」

「それを、どう、説明したらいいんでしょうかね？　正直にいって、自分でも、よく分からないんですよ。ただ、いえるのは、わざわざ、もう一度、K村の仮設住宅に、行ったわけでは、ないということです」

「それじゃあ、何のためだ？」

「私が、いちばん、知りたかったのは、火縄銃の持ち主、戸山久一郎さんの、様子ですよ。戸山さんの認知症が、さらに、ひどくなっていれば、いつ、何月何日に、火縄銃が盗まれたのかも忘れてしまっているだろう。そうなれば、私が警察に、追い回されることも、なくなってくるのではないか？　私は、そんなふうに、考えていたんです。戸山久一郎さんは、認知症が悪化して、とうとう、病院に入院したことが、分かりました。それで少し、私は、ホッとしたんです。もう一つ、私は、磯村村長を、殺してしまいました。村長を殺した犯人として、自分に、どのくらいの容疑がかかっているのか、それを、知りたかったんですが、それを知る前に、久慈警察署の刑事さんに、捕まってしまったんです」

と、高木が、いった。

「なぜ、登山の格好をしていたのかね？」

と、十津川がきいた。

「東北の山に登って、東北の海、特に、三陸の海を眺めたかったんです」

「ところで、凶器の改造拳銃は、どうやって、入手したのかね？」

「私は、小学生の頃から、プラモデルの収集が趣味でしてね。モデルガンも何十挺も、持っていました。中には、プラスチックの玉が、発射できる精巧な物も、ありましてね。それに手を加え、改造すれば、鉛で作った実弾を発射することなんか、簡単ですよ。最近では、警察も、モデルガンの販売を、規制しているじゃないですか」

「その改造拳銃は、今どこに、あるのかね？」

「逃げる途中、マンションの近くにある、神社の藪《やぶ》の中に、捨てましたよ」

東京にいる西本と日下刑事が、すぐに、神社に向かった。そして、高木の供述通り、神社の植え込みから、改造拳銃が発見された。拳銃には、被害者の血痕が付着し、高木の指紋も残っていて、彼が実行犯であることが、証明された。

7

十津川は、二時間の休憩を取ったあと、高木義之の尋問《じんもん》を再開した。

「私たちは、君という人間のことを、徹底的に、調べてみたんだ。どうしても、大西大臣殺しの動機が、つかめなかったからね。君が、大西大臣を、殺さなければならない理由が、いくら調べても見つからないんだ。それで、ひょっとすると、君には、大西大臣に対しては、何の恨みもないが、金のために殺したのではないかと、考えるようになった。ただ、今の日本に、金をもらって全くの赤の他人の殺しを引き受けるような、いわゆる殺し屋が、本当に、いるのだろうかと私は、考え込んでしまったんだよ。それで、どうしても、高木義之という人間の過去が、知りたくなった。君の過去に、殺人の動機というか、大西大臣を殺した理由が、隠されているのではないか？　そう考えてね。君の過去をいろいろと、調べているうちに、君が大西大臣を殺した理由も、少しずつだが、分かってきた。君は、前にも、人を殺したことがある。そうだろう？　その時から、君という人間は、人格というか人柄が、変わってしまったんだ。というよりも、人格というものが、どこかに、消えてなくなってしまったんだ。そして動機なき殺人に走った。それまでの君は、どこにでもいる、普通の若者で、女性を愛し、将来、その女性と、平凡な家庭を持ちたいと、願っていた。ところが、最初の殺人を境に、君は、人間が変わってしまった。だから、金のために、平気で人を殺せるような、そんな人間になった。そこでまず、君が、大西大臣殺しを依頼した人間が水野新太郎であることを、詳しく話してもらいたい」

と、十津川が、いった。

「それは、いえません。第一、私は、金はもらいましたが、その人間が、なぜ殺人を依頼したのか、全く知らないんですよ」

「たぶん、君が、そんなふうに、答えるだろうと思っていたよ。だから、君が、答えなくても、私たちは、君に殺人を依頼した人間は、水野新太郎であることを、確認しているんだ。もう一つ、君に答えてもらいたいのだが、金で殺人を依頼された時、君は、どんなふうに、感じたんだ？　嬉しかったのか、それとも、悲しかったのか、あるいは、驚いたのか？　どう思ったのか、それを、知りたい」

高木が、笑った。

「そんなことを、知って、どうするつもりですか？　私は、金をもらって、それで人を殺す、冷酷な人間なんです。だから、私にとって、殺す理由もなければ、何の恨みもない大西大臣を、平気で、殺すことができたんです。その犯人として、こうして、逮捕された。それで、十分じゃありませんか？　今さら、私の心理を知ったって、仕方が、ないじゃありませんか？　それとも何か特別な理由でもあるんですか？」

「じゃあ理由をいおう」

改まった口調で、十津川が、いった。

「私は、最後の質問を、用意している。この質問をすることで、どうしても、真相が知りたいんだ。殺し屋になった君の気持ちを、知りたいんだよ。もう一度、聞く。大西大臣殺しを、頼まれた時、君には、ためらいとか、戸惑いのようなものは、なかったのかね？」

「ためらいですか？」

「そうだよ。君は、これまでに、すでに、三件の殺人を犯している。前の殺人の時と、今回の大西大臣殺しの時とでは、殺しの、標的になっている相手に対する気持ちは、おそらく、全く、違うんじゃないのかね？　まさか最初の殺しでも、今回の殺しでも、全く同じ気持ちで、変わりなかったとは、いわないだろう？」

「いや、気持ちに、変わりなんかありませんよ。全く同じです」

「全く同じというのは、私には、どうしても、考えられない。最初の殺しの時にも、君は、今度の時と同じように、落ち着き払って、殺したのかね？　たぶん違うだろう？　婚約者を凌辱《りょうじょく》した親会社の池内を殺した時は、憎い相手だから、ためらいは、なかったろうが、最初の時の殺人と、大臣殺しの時の気持ちが全く同じだったとは、どうしても考えられないんだ。だから、どんなふうに違っていたのか、それを、話してもらいたいんだよ」

十津川は、あくまで、しつこく、食い下がった。

高木は、また笑った。

「だから、何度も、いっているじゃありませんか？　第一の殺人と、第二の殺人では、全く気持ちが違うといったら、警察は、今度の殺人について、情状酌量してくれるんですか？　そんなことはないでしょう？　だから、どんな気持ちで、人を殺したか、それを話したところで、誰が喜ぶもんでもないんですよ」

「だから、私は、君に、いうんだよ。私は、いや、私たちは、君に対する、最後の質問を用意している。その質問に、君が答える時、第一の殺人と、大臣殺しとの間に、どんな気持ちの差があったのか、気持ちの上に、どんな違いがあったのか、それを、詳しく話してもらいたいんだ。だからこそ、私は、こうしてしつこく、何回も、きいているし、頼んでもいる」

「今、警部さんがいわれた、私に対する、最後の質問というのは、いったい何なんですか？」

高木が、きく。

「今回、東北地方を、襲った大地震と、その後に来た大津波で、家が、潰されたり、畑が流されたりして、何千人、いや、一万人以上もの人間が、亡くなっている。そのことは、君だって、よく知っているはずだ」

と、十津川が、いった。

「もちろん、東日本大震災のことは、部外者ですが、よく、覚えていますよ。しかし、私の、個人的な力では、防ぐことなどできないし、復興のお手伝いが、できるとも思えません。それなのに、警部さんは、私と、東日本大震災、大津波とを、結びつけようと、考えているんですか？」

「東日本大震災と大津波では、あまりにも被害が、大きすぎるので、悲しい声しか、聞こえてこないが、それでも、最近、いくつかの、心温まるエピソードが、生まれている。その一つが、携帯電話が使われた、愛の奇跡というか、愛の携帯というか、地震と大津波に襲われて、行方不明になった女性から、恋人のところに、毎日、深夜になると必ず、電話が、かかって来るようになった。それを知った人々や、マスコミが、愛の奇跡、あるいは、愛の携帯と呼んだ。この話は、もちろん、君も知っているはずだ」

「その話も、もちろん、知っていますが、詳しいことは分からないし、個人的にいえば、この話には、何の興味も、関心もないんですよ」

高木が、いう。

「本当に、何の感慨も、浮かばないのかね？」

「たしかに、行方不明になった女性から、毎日深夜になると、恋人のところに、どこからともなく、携帯電話が、かかってくるというのは、なかなか楽しいエピソードだとは思います。はたして、これから、どうなるのかという興味も、ありますよ。しかし、しょせんは、私とは、何の、関係もないことです。近藤康夫という男性と、藤井渚という女性がいて、その二人が、将来どうなろうと、私には、何の関係も、ありませんよ。というか、どうでもいいことです」

「それなら、ズバリきこう。君は、あの愛の奇跡というか、愛の携帯というか、この話とどこかで、繋がっているんじゃないのかね？　どこで、どう繋がっているのかは、分からないが、君がどこかで繋がっているはずだと、私は確信を、持っているんだよ。その理由は分からないが、あの愛の話と、関係を持ち、どこかで、繋がっていると、確信している。だから、これからその質問をする」

と、十津川が、いった。

第七章　愛の奇跡は永遠に

1

十津川は、尋問を一休みして、コーヒーを、高木義之に勧めた。

「できれば、君に、全てを、話してもらいたいんだがね」

「もう全て、警部さんに、お話ししましたよ。大西農林水産大臣を、女のマンションで、殺したことも、認めたし、岩手県のK村で村長を殺したことも、認めました。これで十分じゃありませんか？　これ以上、何を話せと、いうんですか？　もう話すことは、何もありませんよ。出所してから三人もの人間を、殺したんだから、死刑を覚悟していますよ。自分がやったことに関して、いい訳をするつもりも、ありません」

と、高木は、いう。

「たしかに、君は、殺人の全てを、自供している。しかし、ほかにも、ぜひ、君にしゃべってもらいたいことがあるんだ。それが何かは、君自身が、いちばんよく、分かっているはずだよ。ぜひ、それを、話してくれないかね？」

「私には、もう、話すことは何もありません」

高木は、頑《かたく》なに、いった。

「それでは、私のほうから、話そう。もちろん、私は、君が何をしたか、実際に、見たわけじゃないから、想像での話だ。もし、間違っていたら訂正してほしい」

十津川は、自分もコーヒーを飲み、しゃべる前に、高木を、じっと見た。

「私たちは、君の過去を調べてみた。君は、人を殺して、刑務所に入ったが、この殺しは、公正に見て、情状酌量の余地が十分にあったと、思っている。しかしその結果、刑務所を出てから、君は、自ら殺し屋になったといっているが、それは、あくまでも、生活のためであって、心理的には、君にはまだ、最初の殺しをした時の気持ちが、残っていた。つまり、君は、正義感を持ち続けている。今でもそれが残っている。だから、これから、私が話すことも、自らの正義感からやったのではないかと、私は、思っているんだ」

「私の、いったい、何を、話すつもりなんですか？」

「全てを、話すつもりだよ。君は、刑務所を出た後、大西大臣の殺しを、頼まれた。その辺から始めたい。君自身もいっていたように、用心深い大西大臣に、近づくのは、なかなか難しかった。そこで、君は、大西大臣が、火縄銃のコレクションをしていることを知ると、それを、大西大臣に近づくために利用しようと考えた。君は、久慈市出身で、高校卒業までいたわけだから、K村の旧家が、国宝級の火縄銃を持っていることを地元紙の報道で、知っていた。そこで、大臣が喜ぶような珍しい火縄銃を、大地震と、津波のために、現在、仮設住宅に入っている戸山久一郎という八十五歳の老人が持っていることを知っていて、それを盗み、大西大臣に近づく手段にしたんだ。大西を殺した後、君は、火縄銃を、持ち主の戸山久一郎に、返そうと、チャンスを狙っていた。そうすることによって、去年の秋、火縄銃が盗まれたという、老人の訴えは、錯覚であり、本当は盗まれていなかったことに、君は、したかったんだ。君は、火縄銃なんか、盗んだことはなく、自分は事件に関係無いと、工作しようとしたんだ。しかし、かたまって生活している仮設住宅に、忍び込むことは、かなり難しい。見つかれば、それで終わりだ。

そこで、君は、一つの策を立てた。それが、あの〝愛の奇跡〟だった。ただ、この頃は、今のように、マスコミが取りあげたり、日本中の人々が知っているようなものではなかった。今年の三月頃だと思う。もちろん、この頃だって、近藤康夫さんと、藤井渚さんの二人のことは、まわりの人間は知っていた。二人の関係は、東日本大震災の起きる前からだからね。震災の後、近藤康夫さんは、行方不明の恋人、渚さんが生きていて、必ず、自分に連絡してくると、固く信じていたという。彼の友人の一人が、そんな近藤さんを、慰めようとして近藤さんの携帯に電話をかけて、録音された彼女の歌声を聞かせたことがあった。これは、私が、この友人を探し出して、聞いた話だから、本当のことだ。君は、この話をどこかで耳にして、火縄銃を元の持ち主に戻すために、利用しようと、考えたんだ。この時点での君は、二人のロマンスに共感したわけでも、同情したわけでもなく、ただ単に、自分のために利用しようと考えたにすぎないと、私は思っている。とにかく、このロマンスというか、愛の悲劇というか、その片方の渚さんは、K村の女性だからね。君は、火縄銃を返すのに、利用できると、計算したんだ。

そこで、君は、まず、近藤康夫さんの携帯の番号を調べだした。もう一つ、近藤さんと渚さんがS大でバンドをやっていた時、渚さんが歌ったテープを手に入れた。ダビングして友人たちに配ったというから、その友人の一人から、テープを手に入れたんだろうね。この友人の話では、去年の十月頃には、問題のテープを持っていたが、いつの間にか、失くなってしまったといっているからだ。君は、計画を実行に移した。昔のプラモデルの技術を活用して、精巧な発信機を作った。それを使えば、毎日、決まった時刻に、自動的に近藤康夫さんの携帯を鳴らし、録音演奏を聞かせ、一定の時刻が来ると、自動的に切れるように作った。それを、君は、K村近くの湾のどこかに、沈めておいた。毎日、時間がくると、浮上してか、アンテナを海面に出してかして、近藤康夫さんの携帯を鳴らしたんだ。これが、今年三月半ば頃だと、私は思っている。はじめのうちは、マスコミは、飛びついては来なかった。が、K村の人たちは、別だ。渚さんが、K村の娘さんだからね。行方不明の彼女が、毎日、同じ時刻に、東京の恋人に、電話をかけている。信じる人も、信じない人も、毎日、同じ時刻になると、気になって、仮設を出て、海岸に出て行くようになった。さらに、海中捜索が行われて、君の思惑通りになったんだ。君は、まんまと、戸山久一郎さんの、仮設住宅に忍び込み、火縄銃を戻しておいたんだ」

十津川は、一休みして、話を止めた。高木は相変わらず、黙っている。

十津川は、コーヒーを口に運び、また、話を続けた。

「これで、例の、愛の奇跡は、消えるはずだった。君自身、そのつもりだったんだろう？　大西大臣に近づくために利用した、火縄銃も戻したんだから、目的は達したわけだからね。ところが、君が、君自身を裏切ってしまった。冷酷な殺し屋にはなれなかったんだ。君が、仕掛けた発信機は、時間がくれば、当然、電池が切れる。君は、放っておけばよかったのに、それが出来なかった。ひそかに、K村にやってきて、電池を取り替え続けた。行方不明の女性からの恋人への電話は、一時間か二時間、いや一日や二日ならいたずらだと言えるが、一カ月も続けば、奇跡になるんだよ。だから、マスコミが、飛びついてきて、愛の奇跡と呼んだ。こうなると、人の好い君は、なおさら、止められなくなってしまった。君は、そんな自分に、どこかで、腹を立てていたんじゃないのか。

電池を取り替えにK村の海に行ったことを、知られるのが恥ずかしくて、君は、逮捕されたあとで、火縄銃を返すために、Ｋ村に行ったといい、また、警察を欺すために、わざと値打ちのない物を、仮設から盗んだり、放り出したと私に語った。半分は当たっているが、半分は、ウソだね。この行動は、明らかに、照れかくしだ」

と、十津川は、断定した。

高木は黙って、うつむいてしまった。

十津川は、続けた。

「最初、君は、殺しを成功させた後、自分を守るために、近藤康夫さんと藤井渚さんの、ロマンスを利用しようとした。だが、その後の君は、冷酷な殺し屋には、どうしても、なり切れなかった。おそらく、君の心のどこかに、昔の、正義感が残っていたんだよ。あるいは、人間に対する関心といったらいいのかな？　今もいったように、君が作った発信機は、当然のことながら、時間が来れば電池が、なくなってしまう。いつも君は、それが気になって仕方がなかったんじゃないのか？　だから、電池が、切れそうな頃になると、君は、あの海岸に行って、電池を、取り替えた。ただ、そんな自分の甘さがイヤだったのか、それとも、冷酷な殺し屋になろうとしながら、人間の愛情を信じるのがイヤだったのか、君は、わざわざ、火縄銃を返しに行ったとか、仮設住宅に盗みに入って、つまらない物を盗んだとかいっているが、これが、全くの、真相だとは、思えないね。君は、何回も電池を取り替えるために、わざわざ、あの漁村に、行っているんだ。君のその時の、気持ちを考えると、私は、不思議なものを、感じるんだ。

今もいったように、君は最初、証拠を消すのに、利用しようとして発信機を作り、近藤康夫さんと恋人の渚さんとの愛の形を作り上げた。人々のいう、いわゆる愛の奇跡だよ。ところが、君は、このことに、自ら縛りつけられてしまったんだ。だから、発信機の電池が切れる頃になると、君は、危険を承知で、K村の海に行き、電池を取り替えていた。それがさらに、愛の奇跡という物語を大きくしてしまった。マスコミは最初、友人が、恋人を失って悲しんでいる、近藤康夫さんを慰めるために、或《あ》いは、からかって、藤井渚さんを装って、近藤康夫さんの携帯に、電話をし、録音されたジャズの演奏を聞かせているのだと、考えた。それを証明しようとして、友人や知人の中には、近藤康夫さんの、友人や知人たちに、片っ端から、当たった。しかし、友人や知人の中には、該当者は誰もいなかった。その上、いつまで経っても、発信は、続いている。まるで、電池で発信しているのではなくて、どこか、別の世界から、藤井渚さんが、発信しているように、思えた。ますます、この話は、夢物語に、なっていった。愛の奇跡になって、いったんだよ。君自身も、なおさら、この愛の交歓を、途中で、途切らせられなくなってしまったんじゃないのか？　君が、何回、K村に行って、発信機の電池を、交換したのかは、分からない。一度、近藤康夫さんに、かかってくる藤井渚さんからの電話は、少しずつ電波が、弱くなっていった。たぶん、この時、こんなことは、そろそろ止めようと、思ったんじゃないのかね。

だが、そうはいかなかった。三陸鉄道の社長が、乗り出してきて、全車両に、藤井渚さんに向けての、メッセージを書いた横断幕を、張りつけて走らせたんだ。それだけじゃない。その列車に乗った乗客たちが、大きな声で、藤井渚さんに、向かって、近藤康夫さんへの電話を、続けてくれと呼びかけた。そんなニュースを、伝える放送が、毎日のように、テレビに映され、新聞や雑誌にも載った。そんな様子を、見て、君は、いたたまれなくなったんじゃないのか？　そして今さら、止めるわけにはいかなくなってしまったんじゃないのか？　そろそろ、もう止めようと思ったのに、こうなると、逃げられなくなってしまった。ヘタをすると、近藤康夫さんは、渚さんからの電話が、途切れた途端に、自ら死を選んでしまうのではないかと、君は、そんなことまで、考えたんじゃないのか？　だから、危険を承知で、もう一度、発信機の電池を、取り替えに、行ったんだ。

この時、正直にいって、私たち警察も、困っていた。私は、君が、愛の奇跡の、キューピッド役をやっているのではないかと、おぼろげに考えていた。三陸鉄道や関係者の呼びかけに、君が、応えて、はたして、また、発信機の電池を取り替えにやって来るかどうか、確信はなかった。だから、君が、来やすいように仕向けることを考えた。それで、近藤康夫さんと何らかの関係のある人間は、全てしばらくK村を訪れることのないようお願いした。こうすれば、君が、また、電池を取り替えにやって来るのではないだろうかと考えたからだ。その一方で、こうしても君は、もう、K村の海に来ないのではないかとも思っていた。この時の私は、もしかすると、これで、君を、逮捕できなくなるかもしれないと、思った。いや正直にいうと、本当は、もっと別の気持ちのほうが、強かった。君が出てこなければ、当然、発信機の電池は切れて、毎日夜半すぎに、近藤康夫さんの携帯にかかっていた電話も、かかってこなくなるはずだ。そうなった時の、騒ぎのほうが、私には、気になった。近藤康夫さんは、自殺してしまうのではないか？もし、そんなことが、実際に起きたら、三陸鉄道の社長や、その列車を動かしていた職員や、列車の中から、藤井渚さんに呼びかけていた乗客たちは、いったい、どんな、気持ちになるのか？

今回の、東日本大震災という大きな災害の中では、多くの人々が、傷つく出来事が、たくさんあったが、それを救うような、エピソードも生まれている。愛の奇跡も、その一つだ。私には、愛の奇跡が、消えてしまうことが、どうしても、耐えられなかった。その意味でも、私は、君が電池を、換えに現れることを、願っていたんだ」

「結局、私を捕らえるためなんでしょう？　私を助ける気なんか全くなかったんでしょう？」

と、高木義之が、いった。

別に、十津川を非難している口調でも、とがめる口調でもない。淡々としたいい方だった。

一瞬、十津川のほうが、言葉に窮して、黙ってしまった。

2

「たしかに」

間を置いて、十津川が、いった。

「たしかに、君が、現れたときいた時、一瞬、どうしようか迷った。それは、事実だ。刑事としては、殺人犯である君は、もちろん逮捕しなければいけない。しかし、人々が喜んでいる愛の奇跡というお伽話を、ここで、止めてしまってもいいのかと、一瞬、迷ってしまったんだ。君が、発信機の電池を取り替えるために、わざわざ、現れたことが、私にしてみれば、それも、不思議だった。もう、絶対に現れることはないだろうとも、思っていたからだ」

「どうして、そう思ったんですか?」

と、高木がきく。

「君は、あのK村で、問題を起こしていた。仮設住宅に、忍び込んで、わざと盗みをはたらいた挙句に、村長まで、殺すことになってしまった。仮設住宅は、大騒ぎになった。岩手県警からも、刑事が来て、捜査を開始している。そんなところに、現れたら、君は、間違いなく、逮捕されてしまうだろう。そう考えて、君はもう電池を取り替えには来ないだろうと思った。もともと君は、近藤康夫さんと藤井渚さんの二人を結びつけようとして、発信機を作り、それを、K村の海に、沈めたわけじゃない。殺し屋になったばかりの君は、何とかして、依頼された殺人を、うまくやり、自分に疑いが、かからないように、便宜的に愛の交信を、始めたんだからね」

高木が黙っているので、十津川が、言葉を続ける。

「君が見つかった時、全て、分かったんだ。君は、人殺しを、カモフラージュするためにニセのキューピッドになった。だが、君は、本物の殺し屋にはなり切れず、もとの正義漢のシッポを引きずっていたんだ。もし、君がK村の村長を、殺していなければ、君の逮捕をもっとためらっただろう。

君は、たしかに、金をもらって、大西大臣と、大臣の愛人を殺している。しかし、君は、水野新太郎に、頼まれて、二人の殺しをやったんだ。だから、君は実行犯だが、主犯は、別にいる。そう考えれば、この二人だけの殺害なら、何とか、死刑を免れることができるのではないかと、私は、思っていた。しかし、君は、やむを得ずだろうが、K

村の村長も、殺してしまった。それまで、私たちは、君の行方を追っていたが、君の足取りを、掴むことは出来なかった。捜査は、膠着状態になっていて、私たちは焦っていたんだ。ところが、君がK村での愛の奇跡に拘《こだわ》ったために、君の存在が確認されたんだ。つまり、私たちは君の手掛かりを掴んだわけだ。それで、君にききたいのだが、今、君は、どう、考えているんだ？」

「どうって、何のことですか？」

「君が、愛の奇跡を作ったことをだよ。もし、君が、逮捕されれば、発信機の電池を、取り替える人がいなくなってしまう。愛の奇跡は消える。そのことについて、どう考えているのかききたいんだ」

と、十津川は、いった。

「どうして、そんな、バカげた質問をするんですか？」

高木は、明らかに、怒りのこもった目で、十津川をにらんだ。

「そうかね？　バカげた質問かね？」

「そうですよ、バカバカしい質問ですよ。こんなことを、きかれるんなら、捕まらずに、海に飛び込んで、死んでしまえばよかった。そうすれば、こんな変な質問をされずに、済みますからね」

と、高木が、いう。

「どうして、君が、そんなことをいうのか、逆に、全く、理解ができないね。いいかね、君が死刑にならなくても、海に、飛び込んで死んでも、発信機の、電池が切れれば、愛の奇跡というお伽話は、その瞬間終わってしまうんだ。そして、恋人の声が聞けなくなった近藤康夫さんは、絶望のあまり、自殺してしまい、多くの人が、嘆き悲しむんだ」

「私は、今は、ひっそりと、一人で、死んでいきたいんですよ。たぶん、私は死刑に、なるでしょうが、その瞬間、私は、みんなが、喜んでいるあのお伽話は、実は、私が作ったんだ。そう、自分にいい聞かせて、満足しながら、死んでいきたいんですよ。あなたには、何もいわれたくないし、お説教もされたくない」

高木が、いった。

「君のその、いい分は、おかしいな」

「どこがおかしいんですか？」

「君が、黙って、姿を消したり、今、君がいったように、自ら、海に身を投げて死んでしまったら、たしかに、あの、愛の奇跡は、誰が、やったのかが、永久に、分からなくなる。ただ、突然、携帯が、鳴らなくなり、人々が、力を落とし、当事者の、近藤康夫さんは、たぶん、自殺してしまうだろう。それが、どうしても、気になったから、君は、逮捕を覚悟の上で、発信機の電池を、取り替えるために、やって来たんだろう？　そうじゃないのかね？」

十津川が、きいた。

十津川の質問には、答えようとせず、高木は、

「もう疲れました。今日は、これで、終わりにして、寝かせて、もらえませんか？」

と、いった。

3

十津川も、疲れて、尋問を止めた。

後からやって来た亀井刑事が、心配して、十津川に、声をかけてきた。

「高木義之は、何も、自供しなかったんですか？」

亀井が、きいた。

「いや、自供したよ。大西大臣と大臣の愛人、それに、K村の村長を殺したことは、簡単にしゃべったよ」

「自供しているのなら、それで、いいじゃありませんか？」

亀井が、あっさり、いった。

「殺人のことだけを、考えれば、たしかに、それでいいんだがね。ただ、例の問題があるので、困っているんだ」

と、十津川が、いった。

「例の問題というと、あの、愛の奇跡の話ですか？」

「そうだよ」

「高木自身は、どういっているのですか？」

「自分は、何も、しゃべりたくないというんだよ。だから、代わりに、私が、しゃべってやった。愛の奇跡というやつは、彼が始めたことに、間違いないと、私は、思っている」

「それを、高木は、何と、いっているんですか？」

「その話は、内密にしたいと、いっている。自分は、どうせ、死刑になるのだから、死ぬ瞬間に、あの話は、実は、俺がやったんだと、思いながら、死んでいきたいと、いっているんだ」

「高木本人が、そう、望んでいるんなら、それでいいじゃありませんか？」

「しかし、そうもいかないんだ」

「どうしてですか？」

「高木が、発信機をどこかにかくして、電池を、取り替えていたことは、まず、間違いない。しかし、彼が逮捕されたとなると、しばらくは、電池も保つだろうが、遅かれ早かれ、当然、電池が、なくなってしまうから、愛の奇跡と、呼ばれている、携帯の交信も途切れてしまうんだ。そうなった時、近藤康夫さんは、どうするだろうか？　ひょっとすると、電話がかかってこなくなったことに、絶望して、自殺してしまうかもしれないし、三陸鉄道や三陸周辺の人々の落胆だって、計り知れないものがある。それを、どうしたらいいのか分からなくてね」

「警部が、どうしていいか分からないというのは珍しいですね」

「今もいったように、高木義之は、死刑は免れないだろう。何しろ、出所後、三人もの人間を、殺しているからね。ただ、彼が黙秘を続けていれば、電池を交換することも、出来なくなる。ましてや、彼が死んでしまえば、発信機の位置も、分からなくなる。そうなれば、自然に、愛の奇跡は、終わってしまう」

「そうかも、しれませんが、そうなったとしても、仕方が、ないんじゃありませんか？」

「本当に、カメさんは、そう、思っているのか？」

十津川が、きいた。

「警部に、そう、まともにきかれると、困ってしまいますが」

「そうだろう。愛の奇跡が、終わってしまったら、三陸の人たちだって、ガッカリして、しまうだろう。それに、近藤康夫さんは、自殺する、恐れがある。だから、困ってしまうんだよ。正直いって、どうしたらいいのか、分からなくなってしまうんだ。発信機さえ発見出来れば、電池を取り替えることは可能なんだが」

「そうなれば、誰かに高木の代わりを頼むことが出来ますね」

亀井が、いう。

「その通りだ。ただ、その相手が、ずっと、続けてくれるかどうかが分からない。もし、途中で止めてしまえば、それはそれで、問題が、残ってしまう」

「しかし、警部、東京から、ここまでは、遠いですよ」

亀井が、いったが、その顔は、笑っていた。

たぶん、十津川は、やはり、俺たちでやるより仕方がないだろうと、いうだろうと、亀井は、思っているのだ。

「たしかに、ここは遠い」

と、十津川も、いった。

「それで、電池は、いつ換えたら、いいんですか?」

「おそらく一カ月に二、三回くらいじゃないかな」

「そのくらいなら、われわれで、何とかできますよ」

と、亀井が、いう。

「大変だぞ」

「分かっています。でも、警部は、結局、自分たちが続けることになると、思っているんじゃありませんか？」

「そうなんだ。このことを、委せられる人間が、見つからないんだ。ただ、そのためには、どうしても、発信機の位置を突き止める必要がある」

「そうですね。愛の奇跡なんてものは、誰かに頼んで、やってもらうようなものじゃ、ありませんから」

と、亀井が、いった。

その時、急に、署内が、騒がしくなった。

署に留置されている高木義之が、自殺したというのである。

署の若い刑事が、走ってきて、十津川に告げた。

「自分のシャツを、引き千切って、縄を作り、鉄格子で首を括《くく》って、自殺したようです。遺体の側に、遺書らしいメモが、残されていました」

メモに書かれてあったのは、発信機の構造と、K村の海の、どの辺に、発信機を、設置したのかを記した、地図だった。

裏を返すと、そこには、小さな字で、遠慮がちに、こう、書かれていた。

《二年前の震災の日に、津波に流され、行方不明になった藤井渚さんは、私が高校時代、夏にアルバイトをしていた、藤井水産加工場の娘さんでした。もう十七、八年前の話で、渚さんのお母さんも、私のことは、覚えていないと思いますが、随分と、優しく接してもらったことは、忘れ難い思い出です。幼かった渚さんは、人懐っこい、可愛いお嬢さんでした。その渚さんが、行方不明になり、お母さんや婚約者が、必死に探しているという話を聞き、渚さんは生きているので、希望を失わないで欲しいと、励ますために、私が細工したのです。恩返しのつもりでしたが、話が大きくなってしまい、引くに引けなくなってしまったのです。

私の短い人生で、唯一、誇れるものがあるとすれば、これくらいです。私という人間に、お伽話は、相応《ふさわ》しくありませんので、あとは、お願いします》

思わず、十津川は、

「参ったな」

と、つぶやいていた。

高木が、房内で、自殺を図るとは、考えていなかったのだ。

「何が、お伽話は相応しくない、だ」

十津川は、苦笑せざるを得なかった。

しかし、なんの恨みもない大西と愛人を射殺し、被災した村人のために尽力している、村長までをも刺殺した、冷酷で無慈悲な高木にも、僅かながらも、人間らしいところが、残っていたことに、十津川は、救われる思いがした。

高木義之は明らかに、自殺をすることによって、全てを、十津川に預けてしまったのだ。

こうなってしまうと、愛の奇跡も、愛の携帯電話も、本当は、高木義之という殺人者が、自分のために、他人の注意を、そらそうと始めたものだということもできれば、渚の母親や婚約者の近藤康夫を慰め、希望を与えるため、彼の良心から出たことだと、いうこともできる。高木が、死んでしまった今、本当のところは、十津川にも、判断がつかなかった。

大騒ぎの翌日、十津川は、亀井と、K村の海岸に行って、海辺に腰を下ろした。

「岩手県警には、例の問題を、話すつもりですか？」

亀井が、きく。

「話したほうがいいのか、悪いのかというよりも、高木義之が、自殺をしてしまったので、地元の、岩手県警には、何も、話せなくなってしまった。高木のことまでお伽話になってしまったんだ」

と、十津川が、いった。

「なるほど」

「それに、愛の奇跡が、高木の始めたことだと、証明できなくなってしまった」

「しかし、それだけじゃないと思いますが」

「そうなんだ。この話は、私と、死んだ高木との間の、秘密になってしまったんだ」

「やはり、われわれが、死んだ高木の後を、引き受けることにしますか？」

亀井が、きく。

「しかしね、カメさんは、簡単にいうが、これは、なかなか難しいよ。少なくとも、一カ月に何回か、電池を、取り替えに、このK村の海岸に、来なければならないんだ。それを、ずっと続けられるかどうか、それが問題だね」

「月に数回なら、何とか、なるような気がしますが。その時々に、誰かが行けばいいんですから」

「しかし、大きな事件を、担当することになった場合には、捜査に、追われて、このK村に、誰も、来られなくなってしまうことだって、十分に考えられるぞ」

十津川が、いい、

「それに」

と、ポケットから、高木がメモとして残した発信機の図面を、亀井に見せた。

「私は、こうした機械には、全く、自信がないんだ。だから、故障した時に、直せるかどうかも分からない」

「警部だけじゃないですよ。私も同様、全くの、機械オンチですよ」

亀井が、いう。

「そうなると、発信機が故障した時には、専門家に、修理を頼まなくてはならないが、それでは、秘密が、守れなくなってしまう恐れがある。発信機の修理を、業者に、頼むわけだからね」

「そうなると、科捜研に、頼むことになりますが」

と、亀井が、いう。

「いや、それはまずいな」

「どうしてですか？」

「科捜研に頼むと、自然に、三上本部長の耳に、入ってしまうことになる。あの人は、お伽話が、大嫌いな人だからね。いくら人助けといっても、刑事がやることじゃない、そんなことは、ほかの人間に、任せて、打ち切ってしまえというに決まっている」

「たしかに、三上本部長は、お伽話には、いちばん、相応しくない人物かも、しれませんね。そんなことに首を突っ込むなというに決まっていますね」

亀井も、いった。

「そうなると、何とかして、信頼のできる人を探して、お願いするよりほかに、仕方がないんだが」

十津川が、いうと、

「警部、一人だけいますよ。信頼できる人が」

と、亀井が、いう。

「実は、私も、一人だけ、思いついた人がいるんだ。おそらく、カメさんが考えている人と一緒じゃないかと思う。

ただ、向こうが、こちらの話を、どう受け取るかだよ。今まで彼は、半分本気で、愛の奇跡を、信じていたと思う。それが、実際には、殺人犯が、仕掛けたことだと私たちが告げた時、どういう反応を示すか私には判断がつかない」

と、十津川が、いった。

しかし、二人は、腰を上げると、宮古市内にある、三陸鉄道本社を、訪ねることにした。

4

片桐社長が、二人を迎えた。

「K村の村長を、殺した犯人が、署内で自殺してしまったそうですね。その話を聞いて、残念に、思いましたが、それでも、事件が、解決して、私も、喜んでいます」

片桐社長は、久慈警察署の中で、高木義之が、自殺したことは、すでに、知っていたが、その、高木義之が、愛の奇跡を始めた人間だとは、まだ知らない。十津川が、その話をしたら、片桐は、大きなショックを、受けるだろう。

しかし、だからといって、話さないわけにはいかなかった。事実を聞いてもらい、納得してもらった上でなければ、片桐社長の協力は得られない。

「実は、自殺した、高木義之という犯人についてですが、どうしても、片桐さんに、話しておかなければならないことがあるんですが、聞いていただけますか？」

少しばかり遠回りして、十津川が、切り出した。

「まさか、十津川さんは、私に、自殺した犯人に、同情しろというんじゃないでしょうね？　もし、そうなら無理な相談ですよ。この犯人は、K村の仮設住宅に盗みに入った上に、村長に、見つかって殺してしまったんですからね。そんな男に、同情する必要は、ないでしょう？」

と、片桐は、いうのだ。

「この高木義之という男ですが、たしかに、出所後、三人もの人間を殺した、凶悪な犯人であることは、間違いありませんが、彼の過去を、調べていくと、自分の恋人を、殺されてしまったことがありましてね。その仇を、討ったために、刑務所に入ることになってしまったのです。ですから、高木という男は、可哀そうな面も、あるのです」

「十津川さんが、いったい、何を、おっしゃりたいのか、話の趣旨が、よく分からないのですが、私に、自殺した犯人に、同情しろということですか？」

　片桐が、首を傾《かし》げた。

「いや、そういうことでは、ありません。高木義之は、東京で、大西農林水産大臣と、大臣の愛人を、殺しています。これは、娘の仇を討ちたいと願う、大西大臣の元後援会長だった、水野新太郎という男から、金をもらって頼まれてのことで、彼自身が、大西大臣を、憎んでいたというわけではないのです」

「そのことは、知っていますよ。しかし、金をもらって頼まれ大西大臣を殺したのだと聞くと、私なんかは、余計に、軽蔑《けいべつ》してしまいますね。高木という男には、自分というものがない、ダメな人間のように、思えてしまいますから」

「高木義之は、大西大臣を、殺すことを依頼され、大西大臣に近づくための手段として、大臣が、コレクションしていた、火縄銃を利用しようと考えました。大臣が、関心を示すような、珍しい火縄銃を手に入れて、それを、持って、大臣のところに行って、油断させ、殺してしまおうと、考えたのです。その時、高木が、目をつけた火縄銃というのが、K村の戸山久一郎という、現在八十五歳になる老人の持っている、火縄銃だったんです」

「そのことも、聞いたことがありますよ。そうだとすると、ますますもって、けしからん男ということに、なるんじゃありませんか？　殺しの上に、盗みまで、働いているんですから」

「高木義之は、その、火縄銃を盗むために、仮設住宅に、住んでいる持ち主の戸山久一郎さんや、ほかの、K村の人たちの注意を、別のところに、引きつけておいて、戸山久一郎さんの、仮設住宅から、問題の火縄銃を、盗み出そうと、考えました。去年の秋です。そして、今年の三月中旬、盗んだ火縄銃を、戸山久一郎さんの仮設住宅に、戻す方法として、高木義之が考えついたのが、東京のサラリーマン、近藤康夫さんと東日本大震災の大地震と大津波で、行方不明になってしまった藤井渚さんという恋人の話です。この藤井渚さんは、K村の出身です。高木義之は、通信についての知識を持っていたので、K村の近くの海の中に、発信機を設置して、毎日夜半になると、近藤康夫さんの携帯電話を、鳴らすように作りました。毎日、決まった時間になると、海に沈めた発信機が、浮上して、東京にいる近藤康夫さんの携帯電話に、発信するわけです。まだマスコミは、目をつけていませんでしたが、K村の人たちは違いました。ヒロインの渚さんが、K村の娘さんですから、みんなが関心を持ち、時間になると村人たちは、仮設を出て、海岸に集まり、渚さんがどこにいるか探したのです。そこで、県も村人たちの熱意に動かされ、二日間にわたる、大掛かりな海中捜索をやったのです。村人は、みんな、その捜索を見るために、海岸に集まっていたのです。高木義之の思惑が、ものの見事に、はまったことになります。仮設住宅の人たちの中には、もちろん、火縄銃の、持ち主である、戸山久一郎さんも入っていました。みんなが海岸に、行っている隙に、高木義之は、戸山久一郎さんの、仮設住宅に忍び込み、問題の、火縄銃を戻しておいたのです。去年の秋頃、戸山さんの火縄銃を盗み、それを、使って、言葉巧みに、大西大臣に近づき、大西大臣と、大臣の愛人を、殺してしまいました。その後、高木は、村人たちに気づかれずに、火縄銃を戸山さんに戻すには、どうすればいいのか、考えたのが、〝愛の奇跡〟です」

「申し訳ないが、ちょっと、待っていただけませんかね」

片桐社長が、急に手を挙げた。

「何でしょう?」

「そんな話、私は、聞きたくも、知りたくもありませんよ」

と、片桐が、いった。

「今の話を、聞いていると、あのロマンチックで、美しい、感動的な話が、何だか、ひどく、汚されたような、気がして、仕方がありません。今の話は、本当のことなんですか? 作り話じゃないんですか?」

「残念ながら本当の話です。これは高木が、高校時代お世話になった、藤井渚さんの母親や婚約者を、元気付けるために、仕掛けたといっていますが、本人が死んでしまった以上、真実を確かめようもありません。多くの人が、感動したような、愛の奇跡などではなく、殺人犯が、自分の都合のいいように、作り上げた、偽りの愛の話に、すぎなかったのかもしれません」

「そうなんですか。それで、どうなったんですか？」

片桐は、興味を失った顔で、投げやりに、きいてくる。

そんな片桐の様子に、十津川は、困ったなと思いながら、とりあえず、最後まで、全部話してしまおうと、決意した。

「今もいったように、高木義之は、火縄銃をまんまと、盗み出し、依頼された殺しをやり遂げました。そして、村人の目をごまかすために、彼が作り出した、愛の交信の話は、マスコミが、愛の奇跡だとして取り上げ、大きなそれこそ美しい話に、なってしまったのです。そうなってくると、目的は達成したものの、高木義之という男は、もともとは、情に弱い面もある人間ですから、自分の作った、愛の奇跡を、途中で、止めることができなくなって、しまったのですよ。マスコミは、愛の奇跡といって、大いにもてはやしましたが、高木義之が作って、K村の海に、沈めた発信機は、時間が経てば、自然に、電池が切れてしまいます。電池は一カ月に二回は取り替えなければ、いけないようです。今もいったように、高木義之という男は、もともと、正義感の強い一面もあった人間ですから、自分の作った仕掛けを、無視できなくなっていたんです。それで、自分で、二週間に一回、K村に行き、海に沈めた発信機の電池を、取り替えていたんです。当然、

K村の人たちに、顔を見られる機会が多くなってしまいます。そこで、仮設住宅に住んでいる人たちの品物を、わざと盗んだりして、盗みをするためにK村に、来ているのであって、発信機の電池を取り替えるために、来ているのではないと自分に思いこませようと、必死に、なっていたんです。ところが、K村の村長に、見つかってしまい、とっさに殺してしまったようです」

5

「どうして、発信機のことを知られたくなかったんですか？」

「愛の奇跡を作っているのが、自分のような殺人犯だと知られたくなかったんでしょうね」

「何度も、お聞きして申し訳ありませんが、全て、本当の話なんでしょうね？　そうでないのなら、これ以上聞くのは、ご遠慮したいと、思いますがね」

片桐が、いう。明らかに戸惑っているのだ。

「全て本当の話です。ですから、最後まで、しっかりと、聞いていただきたいのですよ」

と、十津川は、続けて、

「高木義之は、K村の村長を、殺してしまいました。当然、警察の追及は、さらに、厳しくなります。高木義之はその時、K村の海岸に行って、発信機の電池を取り替えることは、もう、止めようと思ったんじゃないでしょうか。彼にとって、それは、警察に逮捕される恐れのある危険な行為ですからね。その一方、近藤康夫さんにかかってくる渚さんからの、電話の音量が、次第に小さくなってきて、世間がさわぎ始めました。電池を取り替えて、いないのですから。みんなが心配し始めました。特に、片桐さんは、自分の経営している三陸鉄道の列車を、フルに利用して、藤井渚さんに向かい、電話をかけるのを止めないでくれと、訴える横断幕を掲げたり、乗客に、海に向かって、呼びかけてほしいと、頼んだりしましたね。そんな騒ぎを、聞いていると、高木義之も、何もしないわけには、いられなくなったと、思います。K村に行けば、警察に、捕まる可能性が強い。それでも、高木義之は、発信機の電池を、取り替えるために、わざわざK村まで出かけていき、案の定、警察に、捕まってしまったのです」

十津川の話を、聞いている片桐の顔が、真剣になっていた。十津川は、その表情を見ながら、さらに、話を続けた。

「おかしないい方かも、しれませんが、犯人の高木義之が、捕まるのを覚悟で、K村の海に来て、発信機の電池を取り替えてくれたために、愛の奇跡は、続いたのです。毎日夜半になると、近藤康夫さんの携帯電話が、鳴って、渚さんの歌声が聞こえてくる。それが、続いたんです。ところが、逮捕された、高木義之は、署内で自殺を図り、亡くなってしまいました。高木義之が死んでしまうと、愛の奇跡も、消えてしまうのです。片桐さんにしてみれば、殺人犯が作った、インチキな、愛の奇跡など、消えてしまってもいいと、思われるかもしれませんが――」

十津川の言葉に、片桐は、手を横に振りながら、

「いえいえ、そんなことは、ありませんよ。私だって、あの愛の奇跡が、消えてしまっては、困ります」

と、声を大きくした。

「それで、社長さんに、見ていただきたいものがあるんです」

十津川は、自殺した、高木義之が書いた図面を、片桐社長に見せた。

「これは、自殺した高木が、最後に書き残した、図面です」

片桐は、その図面に、目を通して、

「これを見る限りでは、それほど、複雑な仕組みには、なっていませんね。これなら、私の会社で、日頃、車両の点検を、やっている作業員なら、十分組み立てられるし、修理もできると、思いますよ」

片桐のその声には、怒りや、不安や、戸惑いは、感じられなくなっていた。

「私も正直にいって、愛の奇跡が止まってしまうのは、近藤康夫さんを、絶望の淵《ふち》に、

追い込むことになり、心配なんですよ。近藤さんが、精神的に立ち直るまで、できれば、これからも、続いてほしいと、思っているんです。ただ私は、東京の人間で、仕事が仕事なので、少しばかり――」

と、十津川が、いった。

「分かりましたよ。警部さんが、私に、何を頼みにきたのか、全て、了解しました。大丈夫です。私に任せてください。責任を持って、対処します」

と、いって、片桐は、ニッコリした。

その笑顔に、十津川は、救われたような気分になって、

「最初は、私たちが個人的に、後を引き受けてもいいなと思ったのですが、今もいうように、私は、警視庁の人間ですから、大きな事件が起きて、その捜査に、当たるとなると、こちらに来ている時間が、なくなってしまうかもしれません。そうなっては、困るので――」

「分かりました。十津川さん。全て了解しましたから、もうそれ以上は、何もいわないで下さい。後は間違いなく、私が引き受けましたから」

「それでは、片桐さんが引き受けてくださるんですね？」

十津川が、念を押した。

「もちろん、引き受けますよ。発信機の点検や、修理もしますし、定期的に、電池も取

り替えます。近藤さんが立ち直ったら、我が三陸鉄道で、働いてもらうことも、考えましょう」

「それを聞いて、安心しました。よろしく、お願いします」

十津川が、いうと、片桐は、急にニッコリして、

「ただ、私の夢を一つ、聞いてくれませんか？」

「どんなことですか？」

「この愛の奇跡を記念して、特別列車〈愛の奇跡号〉を、運行しようと、思っているんです」

と、いって、片桐は、また、笑った。

片桐は、言葉が、止まらなくなったみたいに、続けて、十津川に、いった。

「いいですね？　これを、三陸鉄道の復興のシンボルにしたいんです」

「時々は、三陸鉄道のために、愛の奇跡をイベントに使われたら、いかがですか」

と、十津川も、笑った。

解説

山前　譲

　近藤康夫は二年前の三月十一日の津波で、岩手に住む恋人の藤井渚を失った。いや、正確に言えば彼女が生死不明となってしまったのだ。いまだその面影が忘れられなかったが、その日から二年と一週間後の三月十八日、携帯に奇妙な非通知の着信があった。『ジャニーのギター』という古いジャスがただ流れるだけの――。

　それを歌っているのは渚だった。かつて一緒にバンドをしていた頃に録音したものだった。翌日もまた携帯が鳴って、『ジャニーのギター』が流れる。何のメッセージだろうか。近藤は休暇を取って、渚が住んでいた村へと向かった。東北新幹線で八戸まで行き、久慈から、三陸鉄道北リアス線に乗る。海岸線には水産加工場などの残骸しかなく、人の気配はまったくない。

　最寄りの無人駅で降り、渚の実家である水産加工場を訪れた。渚はやはりまだ行方不明のままだった。近藤は岬の突端まで行って、思い出にふける。海は静かだった。かつてここでデートをし、渚との結婚を思い描いていたのである。

さらにこれもかつて渚が案内してくれた浄土ヶ浜を訪れたあと、近藤は宮古のホテルに泊まった。その日もまたあの電話があった。携帯電話の営業所で調べてもらうと、その奇妙な電話は宮古の湾の中から発信されているという。近藤はしばらくとどまって調べることにしたが、マスコミが彼の行動に注目しはじめる……。

西村京太郎氏の『十津川警部 三陸鉄道 北の愛傷歌』は、二〇一三年四月から十月まで「三陸鉄道 北の愛傷歌」と題して「web集英社文庫」に連載され、二〇一四年三月に集英社より刊行された。発信人不明の不思議な電話が、読者をミステリーの世界へと誘っていく長編ミステリーである。

二〇一一年三月十一日、宮城県牡鹿《おじか》半島沖を震源として、日本ではかつて観測されたことのない規模の巨大な地震が発生した。その被害については、多くを語る必要はない。いまだ行方不明者も多く、被災地の復興もままならない現状は誰もが知っているはずだ。地震そのものの被害もさることながら、津波による被害が甚大だったことは、防災上の大きな反省点となった。

鉄道もまた大きな被害を受けたが、なかでも広範囲で壊滅的な状態になってしまったのは、車窓からの美しい海岸線が観光客を誘っていた、三陸鉄道の北リアス線と南リアス線である。

北リアス線は、岩手県の宮古駅から久慈駅までの、七十キロほどの路線だ。もともとは国鉄の路線で、一九七二年に宮古・田老《たろう》間が宮古線として、一九七五年に普代《ふだい》・久慈間が久慈線として開通した。さらに両線を接続する田老・普代間の建設が進められたものの、国鉄の赤字がかさみ、一九八一年に両線とも第一次特定地方交通線として廃止対象となる。田老・普代間の工事も中断してしまった。

そこで、岩手県を中心とする第三セクターの三陸鉄道が設立され、田老・普代間を完成させて、一九八四年四月一日に三陸鉄道北リアス線として開業した。三陸鉄道は特定地方交通線の第三セクター化としては最初のものだったが、北リアス線と同時に盛《さかり》・釜石間の南リアス線も営業開始している。こちらも以前は国鉄の路線で、やはり工事中断区間を完成させての開通だった。

その後、第三セクター鉄道はたくさん設立されている。だが、その経営はたいてい厳しい。だいたいがローカル線であり、日常的な運行では旅客収入の増加は見込めない。鉄道運行のコスト圧縮も、安全面を考えれば限界がある。そこで、イベント列車の運行や地域密着イベントの開催、あるいはグッズ販売など、各鉄道会社はいろいろな手段で収入を増やそうとしている。

三陸鉄道にレトロ調車両の「おやしお」と「くろしお」が走りはじめたのは一九九〇年だった。二〇〇二年にはお座敷車両「さんりくしおかぜ」が登場している。ほかに企画列車として、花見カキ列車、川柳列車、スイーツ列車などがある。さらに久慈ありす

という イメージキャラクターのフィギュアや「赤字せんべい」の発売など、三陸鉄道に関心を持ってもらおうという営業努力が続けられ、成果も上げていた。

その鉄路が東日本大震災で大きな被害を受けたのだ。ともに全線不通となってしまったのだ。線路はいたるところで歪《ゆが》み、一部の駅舎は津波で破壊された。だが、三陸鉄道には地元密着の鉄路としての使命があった。北リアス線は早くも三月十六日に一部の運行を再開している。しかも三月末までは無料で。

北リアス線は、二〇一二年四月にはごく一部の区間を除いて運行できるようになり、二〇一四年四月六日に全線復旧している。南リアス線のほうは長らく全線不通が続いたが、やはり二〇一四年の四月五日に全線で営業を再開した。

したがって、二〇一三年に発表されたこの『十津川警部 三陸鉄道 北の愛傷歌』は、北リアス線が全線開通まであと一息という頃の事件なのだ。

近藤は会社を退職し、渚の住んでいた村に転居して、謎の電話を追跡する。愛の奇跡としてマスコミに紹介された彼を、三陸鉄道もサポートしてくれた。だが、なかなか電話の謎は解けない。そうしたなか、仮設住宅のある高台で村長の死体が発見される。刺殺だった。そして同時に、奇妙な窃盗事件が続発する。

一方、東京では十津川警部らが、農林水産大臣の大西正彦が殺された事件を捜査していた。火縄銃が凶器という不思議な事件だったが、その火縄銃と事件現場に残されていた指紋が、三陸海岸と東京を結びつけた。十津川警部と亀井刑事が北へと向かう……。
十津川警部はこれまで数多くの事件を解決してきたが、日本推理作家協会賞を受賞した『終着駅《ターミナル》殺人事件』（一九八〇）以下、東北六県を舞台にしたものが目立つ。亀井刑事が東北出身のせいかもしれない。

そのなかで岩手県を舞台にした長編には、『津軽・陸中殺人ルート』（一九九一）、『陸中海岸殺意の旅』（一九九五）、『北への逃亡者』（二〇〇六）、『遠野伝説殺人事件』（二〇〇七）、『無縁社会からの脱出 北へ帰る列車』（二〇一〇）などがあるが、とりわけ本書との関連で注目したいのは『北リアス線の天使』（二〇〇六）だ。

ガンで余命が長くて一年と宣告された篠崎源一郎が、真夜中に病院を抜け出し、看護師の田代由美子と北へ旅立つ。画家である篠崎は、有名な景勝地である浄土ヶ浜の景色に創作意欲をかきたてられたのだ。

宮古駅から車で十分ほどの浄土ヶ浜は、三陸海岸一帯を占める国立公園のメインとも言える景勝地である。海辺に林立する白くて大きな岩は石英粗面岩だという。その岩と、松の緑と穏やかな入江の碧《あお》との、そして白い砂浜との絶妙なバランスによって、日本庭園のような絶景となっている。一説には、江戸時代、宮古の僧侶が、「さながら極楽浄土のごとし」と感嘆したのが浄土ヶ浜の名の由来だという。

篠崎と由美子も東北新幹線で八戸へ向かい、久慈線を経由して北リアス線に乗車している。わざわざ遠回りして北リアス線に乗ったのは、「内陸部を列車で走るよりも、美しい海岸線を見ながら、列車に乗っていたいんだ」と篠崎が希望したからだった。そして、宮古の小さな旅館に泊まり、浄土ヶ浜へスケッチに一週間通う。そのあと、篠崎は北リアス線を走るレトロな列車に何度も乗車して、車内風景を描くのだった。

つまり『北リアス線の天使』には、津波で被害を受ける前の北リアス線とその沿線が、たっぷりと描かれているのだ。浄土ヶ浜にはたくさんの観光客の姿があり、カモメに餌をやっていた。それがこの『十津川警部 三陸鉄道 北の愛傷歌』では、人影もカモメの姿もないのである。

これもまた東日本大震災の大きな爪痕なのだ。ふたつの長編を読み比べてみれば、その風景の差は歴然である。今ではかつての賑《にぎ》わいをすっかり取り戻している浄土ヶ浜ではあるけれど、そうした震災の爪痕が、本書での切ない事件の背景となっているのも間違いないのである。

その三陸の海から発信される不可解な電話の正体とは？　大臣を殺したのは誰？　その動機は？　そして愛の奇跡の結末は？　哀愁が全編を包み、謎が錯綜《さくそう》する『十津川警部 三陸鉄道 北の愛傷歌』の真相究明は、いつもの通り十津川警部の手に委ねられている。

（やままえ・ゆずる　推理小説研究家）

本書は、二〇一四年三月、集英社より刊行されました。
初出　「ｗｅｂ集英社文庫」二〇一三年四月～十月配信
＊この作品はフィクションであり、実在の個人・団体・事件などとは、一切関係ありません。

集英社文庫

十《と》津《つ》川《がわ》警《けい》部《ぶ》 三陸鉄道《さんりくてつどう》 北《きた》の愛傷歌《あいしょうか》

2015年12月25日 第1刷　　定価はカバーに表示してあります。

著　者　西村《にしむら》京《きょう》太《た》郎《ろう》

発行者　村田登志江

発行所　株式会社 集英社

東京都千代田区一ツ橋2-5-10　〒101-8050

電話　【編集部】03-3230-6095

【読者係】03-3230-6080

【販売部】03-3230-6393(書店専用)

印　刷　大日本印刷株式会社

製　本　大日本印刷株式会社

フォーマットデザイン　アリヤマデザインストア　　マークデザイン　居山浩二

ISBN978-4-08-745390-4 C0193